三角形の中から、ものすごい光が溢れ出し、アグワンの身体を包んだ。
アグワンの姿がその光の中に消える瞬間、僕は確かに見た。
セキセインコだったアグワンが、長い黒髪の、精悍な男の顔になるのを。
（本文より）

JN147127

B●BOY NOVELS

異世界から来た王子様がインコになって僕に求愛しています。

夢乃咲実
イラスト／へらへら

この物語はフィクションであり、実際の人物・団体・事件等とは、一切関係ありません。

CONTENTS

異世界から来た王子様がインコになって僕に求愛しています。—— 7
言祝ぎの日 —— 209
あとがき —— 224

異世界から来た王子様が
インコになって僕に求愛しています。

1. mono モノ

窓の外はもう暗い。

夏の気配が、開け放った窓からじんわりと忍び込んできていて、そろそろ冷房の季節かなあと思いながら、僕はホワイトボードに今日のまとめを書いた。

生徒たちの視線はそろそろ、ホワイトボードよりもその上にある時計に注がれているのがわかる。

「だから、この形の式を見たら、とにかくまず括弧《かっこ》の中を先に処理しておくことが……」

言いかけたとき、授業の終わりを告げるチャイムが鳴り、生徒たちは一斉にばたばたとテキストとノートを閉じ始めた。

学習塾とはいえ、難関中学受験コースのような目的意識のあるクラスと違って、苦手科目を補うためにしぶしぶ通っている小学五年生にとっては、苦行からの解放以外の何ものでもないんだろう。

それでも僕は、最後まで言わなくてはいけないことは言わなくてはいけない。

「先に処理しておくことが、基本です。この式の、数字を入れ替えただけのものを十題用意したので、このプリントを次までに――」

「先生、いつもの電車に間に合わなくなるから！」

一人の女子生徒が席を立ちながらぶっきらぼうな口調でそう言って、通路を駆け寄ると僕の手からプリントをひったくるようにしてさっさと教室を出て行く。

他の生徒たちもざわざわと立ち上がり、同じようにめいめい勝手にプリントを取っては出て行ってしまう。

男子生徒が一人、うんざり顔で僕の前に立ち、大きなため息をついた。

「学校の宿題だって追いつかないのに。十問ってひどくねー？」

「……今日の授業がわかれば、一問一分でできる問題だよ、十分でできる」

「一分でできないから塾に来てんじゃん」

ある意味もっともな言葉を吐いて、生徒はプリントを適当に折りたたむ。

でも、ということはこの子には、今日精一杯説明したことが何一つ通じてなかった、ということになるんだろうか？

無力感にかられた僕に、それでもその男の子はにやっと笑い、ひらひらと手を振った。

「まあ、頑張ってやってやるよ。じゃあな、あくつん、またなー」

あくつんというのは、阿久津《あくつ》という僕の名字から生徒たちがつけた呼び名だ。

少なくともそういう呼び方をされるということは、嫌われてはいない証拠だとは思うけれど、軽く見られているということでもある。

「待って、ちゃんと机と椅子《いす》を直していって！」

僕が生徒たちに呼びかけたのを、ちょうどそのとき入ってきた教務の先生に聞かれてしまった。

「阿久津先生、それは必要ないから。みんな、気をつけて帰りなさいよ」

四十過ぎの女性である教務の村上《むらかみ》さんの言葉に、生徒たちは「はーい」と答えてあっという間に姿を消してしまう。

「阿久津先生」

村上さんは僕を見てため息をついた。

「言ったじゃないですか、机や椅子を揃《そろ》えるなんてこと、ここでは生徒たちに強要しないでくださいって」

「強要だなんて……」

僕は唇を噛《か》んだ。

実際の年齢よりも下に見られることが多く、小柄で線の細い僕は、村上さんの前だとなんだか怒られている子どものような気分になってしまう。

ここは、小学生が苦手科目を克服するために通う塾です。

親御さんは、苦手科目の成績が少しでもよくなることだけを期待して、お子さんを預けてくれているのです。

躾《しつけ》は、家庭と学校の仕事であって、塾の仕事ではありません。

この春、僕がこの塾の算数講師として採用されたときに、言われた言葉だ。

僕自身、大学の数学科を出たけれどもともと「教える」ことを目指していたわけではなくて、大学院の修士を終えた後は、博士課程に進んでもっと数学をやりたいと思っていた。

けれど僕の修士論文は全く評価されず、教授ともそりが合わず、就職活動も出遅れてあまりうまくいかず、結局なんとかこの塾での仕事を得た。

それでも結果的に「教える」立場になった以上は、全力を注いでできる限りのことをしようと思っていたのだけれど、どうやらいろいろ空回りしている。

授業時間も、電車通学の生徒が多くて、決まった電車に乗せることを希望している保護者が多い以上、チャイムと同時にきっちり終わらせることが望まれている。

今日のように、まとめの言葉が零《こぼ》れてしまうのは、熱意の結果ではなくて僕の要領が悪いとみなされて当然なんだ。

「教室の整理は、気になるようなら先生が自分でやってくださいね」

村上さんはざっと教室を見渡してそう言うと、出て行ってしまった。

残されたのは、ごちゃごちゃになった机と椅子と、僕。

線は真っ直ぐであるのが美しい。

僕は二十ばかりの机と椅子を、丁寧に並べ始めた。

真《ま》っ直《す》ぐであるべき線が曖昧《あいまい》に折れ曲がり、同じ方向を向いているべきものがてんでんばらばらにそっぽを向いているのは——耐えがたい。

曲線には曲線の好ましさがあるけれど、法則もなしに雑然としている状態は、どうにもこうにも胸が痛む。

最後の机を隣の机ときれいに並べ……僕はふと、両方の机をぴったりとくっつけてから片方の机を斜めにずらした。

角度をちょっとずつずらしていくと、机が二辺を形作る三角形が出現する。

残る一片をどの角度に引くかで、全く違う姿の三角形が姿を現す、その無限の可能性を想像すると……わくわくしてくる。

僕は、三角形が好きだ。

子どもの頃から、鉛筆や紙など、手当たり次第のもので、長さの違う三本の直線を組み合わせてありとあらゆる三角形を作ることに、時間を忘れて夢中になった。

三角形を組み合わせていくパズルの本は、どんな本よりテレビよりゲームより、僕にとっては面白かった。

学校で図形を習って、僕がなんとなく感じていた「規則」を数字で表したり計算したりできるとわかりだしてからは、目に付くありとあらゆる「三角のもの」の、辺の長さを測り、角度を測り、面積を計算することに夢中になった。

その時期を過ぎると、今度は「自分が瞬間的に美しいと感じる三角形にどういう共通点があるか」という哲学的な迷路に入り。

世界のさまざまな文明における、三角形の意味と位置づけを調べまくり。

そして最近はまた、生活の中に見いだすあらゆる三角形がいとおしくてたまらない。

昔は正三角形が好きだった。けれど今は、わずかに崩れているものに惹《ひ》かれる。普通の人が目視で正三角形かな、と感じるけれど、ちゃんと測ったら実は違う、というのが実にいい。

そんな自分が変わっていることはよくわかっている。

三角形に対するこだわりだの偏愛だのは、普通の人に語っても賛同はしてもらえず、時には若干引かれ、だいたいは「ふうん……」と困ったように絶句される。

それでも大学院にはその種の変わり者はいないではなかったけれど、教授には「それは数学じゃないね」と言われてしまい、僕自身も、これは比較文化論とかになってしまうのだろうかと悩み……悩みながら書いた論文は全く評価されなかった。

そして一介の塾講師となってからは、どうせ理解されない嗜好を口にするのは諦めている。

僕は斜めにずらした机をまた真っ直ぐにし、ホワイトボードの文字を消し、最後に授業用の大きな木製の三角定規を窓際の棚の上に置こうとして。

ふと、そこに無造作に置かれていたものに目が留まった。

教室の備品である、赤のマーカー。それと、誰かの忘れ物だろうか、一本の三色ボールペンが、三角形の二辺を作っている。

マーカーとボールペンの長さはほぼ同じだけれど、微妙に違う。

その、微妙に違うものをもう一本足したら……

正三角形に近いけれど、実はわずかに正三角形ではない……ものすごく僕好みの三角形になる。

僕は自分の通勤用リュックの中を引っかき回し、道で配っていてなんとなく受け取った、美容院の割引券を見つけた。この長辺の長さがいい感じだ。

そっと棚の上に置き、マーカーとボールペンが大きく手を広げて待ち受けている空間に近付けてみる。

ぴったりと、線の端と端とがぶつかった。

その瞬間……指に何か、ぴりっとした不思議な感覚が走ったような気がした。

静電気……だろうか？

指を離すと、そこには実に見事な、完全な正三角形ではないからこそ美しい、微妙なバランスの三角形が出来上がっていた。

自分で紙の上に定規で線を引いて書くのではなく

て、すでに存在する三本の線を組み合わせてできるものは、偶然が作用するからこそ素晴らしい。

久しぶりに僕の好みにしっくりくる三角形を見た気がして、これを崩すのはもったいない。

僕はなんだか嬉《うれ》しくなって、美容院の割引券が飛んでしまわないよう、木製の三角定規の端で押さえた。

一歩下がって、もう一度つくづくこの素晴らしい三角を眺める。

やっぱりこの三角は特別だ。何か、僕の心に特別なわくわく感を与えてくれる。

このままの三角と、明日また会えますように。

そう思いながら、教室の窓の鍵が閉まっているのを確認し、鞄を持ち、教室を出ながら電気のスイッチを押して、消す。

そのとき、背後で「うわっ」という小さな声が聞こえたような気がした。

驚いて振り返ると、僕が今作ったあの三角形が、ぼうっとかすかな光を放っているように一瞬見えたけれど、すぐに消える。

けれどそれより、声だ。

慌ててもう一度スイッチを押して電気をつけると
……

「くそ、これはどういうことだ！　どうなってるんだ！」

三角形を置いた棚の下あたりから、声が聞こえる。

まさか誰か生徒が、机の下に隠れてでもいたんだろうか？

でも、机を並べ直したときには誰の姿もなかったのに。

「誰？　誰かいるの？」

僕は声をかけながら棚の方に近寄り……床の上に、何か色鮮やかな、小さなものがいるのに気付いた。

……………………鳥!?

掌《てのひら》に載りそうな、小さな鳥だ。頭の部分が黄色くて、身体は鮮やかなブルーグリーンで、胸から腹部は、白に変わるグラデーション。後頭部から背中にかけて、細かく黒い縞《しま》がある。

ええと、鳥のことはあまり詳しくないけれど、これは雀《すずめ》でもツバメでもなくて……

インコ。そう、セキセイインコだ。

「おい、そこのお前！」

甲高く、よく響く声は、まぎれもなくそのセキセイインコの発したものだった。

そういえば、セキセイインコって確か、人間の言葉を喋《しゃべ》るんだっけ。

僕は慌てて、そのセキセイの前に膝《ひざ》を突いた。

頭の毛がぶわっと逆立ち、小さな黒がしゅうっと縮み、ぐるりにある白目が面積を増して、なんだか怖い目になる。

「どこから来たの？　どうしてこんなところに」

嚙みつかないだろうかと、僕はこわごわ手を伸ばした。掌に乗せればいいんだろうか、それとも背中から摑《つか》めばいいんだろうか。

けれどセキセイは、ぱっと羽根を広げて飛び上がり、少し不格好にぱたぱたと飛んで、近くにあった机の上に乗った。

それから、小さな頭をくるんと動かして教室全体を見渡し……

「私はいったい、どうなっているのだ。ここはいったいどこだ!?」

僕を見て、そう尋ねる。

いや、尋ねる……ような……言葉を発した、というべきなんだろうか。

鳥の知能ってどれくらいなんだろう？

喋っている言葉が、言葉通りの意味を持って発せられているんだろうか？

「さっさと答えよ、ここはどこなのだ？」

もう一度セキセイが尋ねたので、僕は、もしかして言葉通りの意味なのかもしれないと思った。

「ええと……ここは……山並《やまなみ》学習塾のB教室……ですけど……」

思わず敬語になってしまったのは、セキセイがなんだか胸をぱんと張って、ふんぞり返っているかのように見えたせいかもしれない。

「ヤマナミガックシユージユク？ それはどこのシンデンだ？ お前の名は？」

シンデン……隣の駅が、「新田《しんでん》」という駅だけど。そのあたりで飼われている鳥が逃げ出してしまったんだろうか。よく、こういう鳥は自分の住所とかを言えるって聞くし。

それにしても小さな身体で、なんだか口調が横柄に聞こえるのがアンバランスで微笑《ほほえ》ましい。

飼い主の口調をまねているんだろうか。

「ここは新田の隣の、筒居《つつい》駅前ですよ。僕は阿久津結季《ゆうき》です」

「アクツユキ！ セイナルモジをその頭《あたま》に抱いているということは、お前はここのシンカンなのか。しかもゴモジナとは、相当な者だ。私の名は、アグワンだ」

「あ……アグワン」

ピーちゃんとかじゃなくてアグワンって、ちょっと変わった名前だけど、ちゃんと自己紹介するなんてすごい鳥だ。

僕の名前はなんだか「あくつ、ゆうき」がひと繋《つな》がりの「あくつゆき」にされているし、セイナルモジとかシンカンとかゴモジナとか、もしかしたら聞き違いかもしれなくて、意味がよくわからないけど。

セキセイ……アグワンの目の黒い部分がすっと大きくなり、そのつぶらな目でじっと僕を見上げる。

「アクツユキ、私はお前の助けを期待していいのか？」

アグワンの問いに、僕は慌てて頷《うなず》いた。

迷子《まいご》の鳥なら、飼い主を捜してやらないと。

「もちろん、ええとでも、とにかくここは出ないと」

どうしよう、と僕はあたりを見回し、自分のリュックの中から、買い物のエコバッグ代わりに持って歩いている緑の色つきのコンビニ袋を取り出して広げ、その中にハンカチを敷いた。

「この中に……入れますか？」

「この中だな？　よろしい」

アグワンは言って、僕が広げた袋の中にぴょんと飛び込む。

尻尾《しっぽ》が意外に長いけれど、折れることもなくハンカチの上に座り込んだのを確認して、僕はそっと袋の口を寄せて摑み、急いで電気を消して教室を出た。

家に帰ると、僕は急いで袋の口を開けた。

「窒息してないかな。どうぞ、出てきて」

そう言うと、アグワンは勢いよく袋から空中に飛び出した。

勢い余って天井にぶつかりそうになり、回避したかと思うと、今度は壁に激突しそうになる。

僕は慌てて手を高く上げた。

「狭いから！　危ないから！」

何しろ、六畳一間に二畳ほどのキッチンがついただけの狭いアパートだ。

アグワンは自分の飛行能力に驚いたような感じで、僕が差し出した手にものすごい勢いで降りてきて、指をがしっと爪で摑んだ。ちくっとしたけど、それほど痛くはない。

アグワンは身体を細くして、羽根を少し広げた状態で、部屋を見回す。

「この穴蔵はなんだ？」

穴蔵と言われてしまった……。

少なくともアグワンは、六畳一間で飼われていたわけじゃないみたいだ。

「狭くてごめんなさい。とりあえず……ここでいいかな」

パソコンデスクの上の細い電気スタンドに手を近付けると、アグワンはぴょんと飛び移り、一瞬バランスを崩しかけた。

「……どうも、身体が軽すぎる。どうしてこんなことになったのだ」

独り言のように小さい声で言って……それからふいに声が大きくなった。

「アクツユキ、何か、食べるものはないのか」

「え」

「この身体は効率が悪いようだ。エネルギーが必要だ」

深刻な言葉に、僕は慌てた。なんとなく連れ帰ってしまったけれど、鳥が食べるようなものが家にあるだろうか。そもそもこういう鳥は、何を食べるんだろうか？

「ちょ、ちょっと調べるから、待って」

僕がスマホを取り出して調べようとすると、着信があった。

学生時代からの友人の是永《これなが》だ。

「もしもし」

電話に出ると、

「おう、阿久津、例の本返しに今からそっち行ってもいい？」

のんびりした声が聞こえ、その瞬間僕ははっと思い出した。

「是永、家でインコ飼ってなかったっけ？」

そんな話を聞いたことがある。

「おう、飼ってるけど？　うちのオカメは美人だぞ。何、見たい？」

「そうじゃなくて……鳥を拾っちゃって、たぶんセキセイインコなんだけど、何を食べるのかわからなくて」

「拾った？　ええと……ちょっと待て、じゃあうちにある餌《えさ》分けてやるよ。それ、飼う気？」

「いや、ここはペット禁止だから……」

「飼い主捜しだな。ＳＮＳとか、専用掲示板か。とりあえず、行くわ」

是永はそう言って電話を切る。彼の家からここまでは、自転車で二十分くらいだ。

電話を切ってアグワンを見ると、小首をちょこんと傾《かし》げて僕を見ている。そんな姿は愛らしいのに、

「今のはなんだ、その板に向かって祈りの言葉を捧げているのか」

相変わらず横柄な口調で、わけのわからないことを言う。

「すぐ、食べ物が来るから。おとなしく待っていてください」

「承知した、世話をかけるな」

そう言って、アグワンはまた、僕の部屋を見回した。

「ここは……狭いが、聖なるかたちに溢《あふ》れていて素晴らしいな」

聖なるかたちってなんだろう？

もしかして、三角のこと？

この部屋は大学に入ったときから住んでいて、狭いながらに僕にとっては居心地のいい空間だ。

部屋がちょっと変形で、六畳間の脇についている小さな板の間が直角三角形なのが気に入って借りたものだ。

大学院までは、高校生のときに事故で亡くなった両親の保険金と遺産でほそぼそ暮らしていて、今はかろうじて塾講師で身を立てているけれど、収入はかつかつだ。

それでも三角のものを見つけると手に入れて、僕にとっては居心地のいい部屋になっている。

正三角形を連ねたかたちの額。ピラミッド型の置き時計。

お気に入りは天井から下がる三角錐《すい》型の照明器具と、畳の上に置いた、リサイクルショップで見つけた黄色い二等辺三角形の座卓だ。

角に足をぶつけると痛いのが難点だけれど、かたちの素晴らしさがそれを補って余りある。

「三角が好きなの？」

僕が尋ねるとアグワンはぶわっと頭の毛を逆立てた。

「好きか嫌いかで語るようなものではない！」

「す、すみません……」

どうしてだが、思わず謝ってしまう。

「……大きな声を出すと腹が減る」

アグワンがそう言って黙り込んだので、僕はとにかく早く是永が来てくれないかとやきもきした。

すると、思ったよりも早く玄関の薄い扉がノックされる。

「阿久津、来たぞー」

「是永！」

僕は玄関に飛んでいって扉を開けた。

ひょろっと背が高くて丸い眼鏡《めがね》をかけた是永が、僕の頭越しに部屋の中を覗《のぞ》き込む。

「拾ったセキセイってどれ？　何か容《い》れ物に入れてるのか？」

「え、いや、そのまま」

僕が答えると、是永は急いで玄関に入って扉を閉める。

「飛び出しちゃうと厄介だぞ。籠がないなら、台所で使う網とか、そんな感じのものに入れておかないと。これ、借りてた本と、餌」

差し出してくれた袋の中には、本と一緒に鳥の餌が入った透明なビニール袋がある。

「どれ、セキセイ見せてよ」

是永は靴を脱いで部屋の中に入ると、スタンドの上のアグワンを見つけて近寄った。

「おお、きれいな鳥じゃん。これは飼われてたな。手乗りっぽい？」

そう言いながら、指先をそっと近付けると……

「けけけけけけけけけけ！」

突然けたたましい声を上げて、アグワンが是永の指先をくちばしで攻撃した。

「うわ！　いたた、いた、凶暴だな、こいつ！」

是永は慌てて指を引っ込める。

「どうやって連れて帰ってきたんだ？　荒鳥じゃん、これ」

「え、僕にはそんな……よく喋るし」

「喋んの？　おい、こんにちは？　おはよう？」

手を引っ込めた是永がアグワンに向かって少し顔を近付けながら話しかけると、またアグワンは白目を大きくして「けけけけ！」と鼻に噛みつこうとし、是永はのけぞった。

「うわ、気がたってんな。俺嫌われたかも。とにかく今日は、本返しに来ただけなんで帰るわ、なんか困ったら連絡して」

そう言って、是永は玄関に逃げ出す。

「ごめん、餌ありがとう、また今度ゆっくり」

「おう、あとで迷い鳥捜し掲示板とかのアドレス送っとくわ」

是永は、アグワンが逃げないように気を遣って、細く開けたドアから素早く出て行った。

僕は急いでアグワンのところに戻った。

「どうしてあんな……餌を持ってきてくれただけなのに」

アグワンは少し膨らんで、むっつりと押し黙っている。

「そうか、とにかく餌、餌」

僕は、アグワンが空腹だということをはっと思い出した。それで気がたっていたのかもしれない。

小鉢に餌を入れてアグワンの前に差し出すと……

「なんだこれは」

小鉢の縁に乗って、うさんくさげに、アグワンはその中身を見つめた。

「え、これじゃ……だめですか？」

「この世界では、このようなものが食事だと？」

そう言いながらアグワンは身体を前に倒し……次の瞬間、餌の中に顔を突っ込むようにして、がつがつと食べ始めていた。

たちまち小鉢の中に、餌の殻が溢れかえる。

「こんなもの……どうして身体が勝手に……っ」

ぶつぶつ言いながら食べていたアグワンがぱっと顔を上げ、

「水！」

と言ったので、僕は飛び上がってコップに水を入れてきた。

コップの縁に飛び移ってこくこくと水を飲んだアグワンは、また餌に戻る。

「ふう」

やっと落ち着いたらしくて顔を上げたときには、水を飲んで濡《ぬ》れたくちばしや顔に、餌の殻が山ほどくっついていた。

「ちょっと、殻がたくさん……」

思わず指を出してから、是永に対する「けけけけけ！」を思い出してはっとしたけれど、特に抵抗もなく爪の先が頰《ほお》のあたりに入る。

すると……一瞬動きを止めたアグワンは、次の瞬間うっとりと目を閉じ、僕の爪の先に顔を擦《こす》りつけ始めた。

ふわふわした感触。

僕から指を動かすのはなんだか怖いので、アグワンが顔の右、左、頭の上、と擦りつけるままにしていると……

突然アグワンは、はっと我に返ったかのように身体を反らした。

「なんだこれは！　この身体はどうしてこんな、勝手な反応を……！」

僕はおそるおそる指を引っ込めながら……ようやく、本当に今さらかもしれないけれど、この鳥はなんだか変だと思い始めていた。

インコというものが、いくらなんでも、こんなふうに会話が通じるものだろうか？

それに、アグワン自身が、なんだか自分の行動に戸惑っているように見える。

するとアグワンが、僕をじっと見上げた。

「お前には、私の姿がどのように見える？」

「え……あの……きれいで可愛《かわい》いセキセイインコに……」

「セキセイとはなんだ」

「ええと……」

僕は慌ててあたりを見回し、小さな――三角の

――スタンドミラーをアグワンの前に置いた。

アグワンはまじまじと鏡に映る自分を見つめ……

「やはり、鳥なのか。翼があるからそうだろうとは思ったが、よりによってこんな趣味の悪い色の、小さな鳥に……」

呆然《ぼうぜん》と呟《つぶや》く。

「いえ、きれいな色だと……」

「私の趣味ではない」

慰めるつもりの言葉はきっぱりと跳ね返される。

それにしても、アグワンの言葉が意味しているのはどういうことだろう……?

「そもそも、鳥じゃないんですか?」

「そんなわけがあるか! 私は人だ! ゲートをくぐってこちらの世界に来たら、こんな姿になってしまったのだ!」

アグワンはその愛らしい姿に似合わない重々しい感じにため息をつく。

「ゲート? こっちの世界って……あなたはそもそも、どこから来たんですか?」

僕はそう尋ねながらも、おそろしく非現実的なことをしていると思っていた。

セキセイインコと向かい合ってこんな会話をしているなんて。

「そうだな、まずきちんと自己紹介をしなくてはいけなかった」

アグワンはセキセイなりに居住まいを正した。

「私はアグワン＝ワジ、□☆×世界の聖王《せいおう》の長子にて、摂政《せっしょう》王子だ」
□☆×世界、の部分がなんだか雑音のように声がひび割れ、そこだけ聞き取れない。
それでもアグワンが、摂政王子というなんだかファンタジー的に身分の高い人というか鳥なのだと、それだけはわかる。

「お前はアクツユキと言ったな。アで始まる名前は高貴な生まれを示すものだ。文字数も多い。そしてお前はゲートのこちら側にいたのだし、この部屋が聖なるかたちに溢れていることからも、高位の神官だと思う。それなのに、先ほどの食事を持ってきた下僕《げぼく》の態度はどういうことだ。お前はこの世界で軽《かろ》んじられている者なのか」

いや……是永は下僕じゃないし……僕も高貴な生まれにはほど遠くて……まあ、重んじられているか軽んじられているかといえば、後者かもしれないけど。

「僕は、そもそも、神官とかじゃないです……。聖なるかたちというのが三角形のことだとしたら、これは僕の、ただの趣味です」

アグワンは僕の言葉を聞いてつぶらな目をぱちくりとさせた。

「神官ではない？　それなのにどうして聖なるゲートを作った？　私の世界の神殿のゲートと繋がったのだから、こちらでもそのようなものだと思ったのに……！」

僕は必死でアグワンが現れたときの状況を思い出した。

もしかして……僕が教室で何気なく作った、あの美しい三角。

あれが、アグワンの世界とこの世界を繋ぐ「ゲート」とやらってこと⁉

そしてアグワンの世界が「三」とか「三角」を尊いとするのなら、なんだか興味がわく。

「そもそもどうして私は、鳥などになってしまったのか……」

アグワンは考え込む。

「この世界とのゲートは、大昔にも一度開通したと伝説に残っている。その際には、ちゃんと人間同士として行き来できたのだ。それに……」

アグワンは、近くにあった僕の本棚の方に目をやった。

「あれは文字か。伝え聞いているものとまるで違う。以前繋がった世界の文字はこんなではなかった」

「もしかして……以前に繋がったのは、この世界じゃないってことは……？」

僕がいる世界とアグワンがいる世界が存在するのなら、さらに別な世界があったっておかしくない。

けれどアグワンは首を振った。

「間違いない、それは空気感などでわかるのだ。しかし文字が……」

そこで僕ははっと気付いた。

「日本じゃない、日本語じゃない世界ってことじゃ？」

「ニホンとはなんだ」

「僕が暮らしているこの国です。でもこの世界には、いろいろな国があって、いろいろな言語、いろいろな文字がある」

「私の世界にも国はたくさんあるが、文字まで違うとは……！」

驚いているアグワンの前に、僕はノートを広げ、ボールペンを手にした。

ええと、とりあえず。

「この中に、わかる文字は？」

三。３。Ⅲ。

三を意味する字でわかるものを書いていく。

それから、それから……

ええい、面倒だ。

僕は、大学で論文作成に使った資料の本を本棚から引っ張り出し、さまざまな言語の数字を並べた表を探して開いた。

「この中に、見覚えのあるものは？」

アグワンは本の上に降り、ぱたぱたと表の上を歩き回って、はたと足を止めた。

「これだ！　この文字だ！」

激しく、くちばしでつついたのは……大昔のギリシャで使われていた、イオニア式のギリシャ数字！

ギリシャ……！

その、三をアルファベットに直すと……ｔｒｉ。

ってことは……ギリシャ語の三。

「ｔｒｉ……トリ!?」

口に出して言ってから、僕ははっとした。

アグワンが目を丸くして僕を見つめたので、僕は慌てて説明する。

「この文字の読み方です。トリ……それで、僕の言語でトリって言うのは」

「この姿のことだ！」

アグワンが叫んだ。

「同じ世界の異なる言語で、聖なる数字と翼ある生き物が同じ音で表されているのだ。それが、私がこの世界でこの姿になってしまったことと関係しているに違いない。たまたま繋がったゲートに似た音の言葉があったので、誤変換を起こしたということか」

誤変換……？

ゲートとやらをくぐった際に、似た音に引っ張られて姿が変わった……とでもいうこと？

話がファンタジーからSFになっていくような気がしてついていくのに必死だ。

「ちょっと待ってください、ええと、以前にこっちと繋がったときは、言葉は通じたんですか？　あなたは今、日本語を喋っていますよね？」

「ニホンゴだと？」

アグワンは怪訝《けげん》そうに僕を見つめる。

「私は、私の世界の言葉を話している。以前にこちらの世界と繋がったときも、私の世界の言葉で、こちらの世界の人間と問題なく話ができたと伝わっている」

ということは……お互いに自分の言葉で話しているのに、どうしてか言葉が通じているっていうことだろうか……？

「とにかく、私がこの姿になってしまった理由はなんとなくわかった。そしてこの世界が、間違いなく以前に□☆×世界と繋がった、同じ世界だということも」

どうしても□☆×世界の部分がよく聞き取れなくて、僕はとっさに、頭の中で「ｔｒ·ｉ世界」と置き換えた。鳥がやってきた、ｔｒ·ｉを聖数とする世界だから、とりあえずそういうことにしておこう。

「それで、あなたがこちらにやってきたそもそもの理由は……」

僕は、最初から気になっていたことを、ここでようやく尋ねることができた。

アグワンは最初に、「私はお前の助けを期待していいのか？」と言ったんだ。あのときは、飼い主捜しかと思ったけれど、そうじゃないことはもうわかる。

けれどアグワンは答えを渋っているように見えた。

「アクツユキ、お前がこの世界の神官ならば、助けを乞うこともできるだろうが……いや、せめて神官のもとに私を連れて行くことは可能か？」

「ええと……少なくともこの国に、神官っていう人はいないような……でも、宗教家でいいんなら、お坊さんか神主さんか……」

「聖なるかたちを司《つかさど》る神殿はないのか」

アグワンは、インコとして可能な限り真剣な面持《おもも》ちだ。

「そういうのは、ないです……」

それでも僕は、気付いたことがあって座り直した。

「あの、少なくとも、あなたが現れた『ゲート』というのは、僕が作ったものだと思うんです」

塾の教室で戯れに作ってみた、あの美しい三角形。アグワンが現れたあと、あれがぼうっと光ってから消えたように見えた。

だとしたらきっと僕は、無意識に、偶然に、ゲートとやらを作ってしまったのかも。

「それと、僕はこの世界では『ちょっと変わってる』と思われるくらいに、三角形……聖なるかたちが好きなので、何かそういったことで手助けができるのなら」

なんとなく、ゲートを作ってしまった責任を取らなくちゃ、という気持ちになってくる。

アグワンは少しの間考え込んでいたけれど、やがて顔を上げて僕を見た。

「そうだな。私にはお前しか頼る者がないのだ。実は、私がこちらにやってきたのは、人捜しのためなのだ」

「人捜し……？」

「そうだ。我が王国にとっても、神殿にとっても、そしてもちろん私にとっても大切な者であるアルカが、行方《ゆくえ》不明になった。どうやら神殿に偶然できたゲートから、こちらの世界に来てしまったようなのだ」

アルカという、アグワンにとって大切な人が、こっちの世界に……？

ええと、頭に「ア」がつくのは高貴のしるしとかなんとか言っていたから、アルカという人も身分の高い人なんだろう。

「それでその、こっちの、どこに？」

こっちの世界と言ったって、地球丸ごとだ。

アグワンは可愛らしく小首を傾げた。

「神殿のゲートはアルカが消えた後いったん閉じたが、私が祈りを捧げたら再び開き、お前の前に出た。大昔の伝説では、ゲートが閉じてまた開いたあともだいたい同じ場所に出たようだから、ゲートとゲートの距離はそう遠くないはずだ」

遠くないと言っても……漠然としすぎているけれど、とにかくアルカさんが出たのは、海外とかではなくて、日本で本州で首都圏で、うまくいけば塾からそれほど遠くない場所……ということだろうか。

「でも、その、アルカさんも、もしかして鳥になっちゃってるってことは……？」

「私が鳥になってしまったのが言語の類似による誤変換なら、アルカにも同じことが起きていることは考えられる」

うわー……。

翼があるのなら、ゲートから離れたところに飛んでいってしまっている可能性もあるっていうことだ。

「それでもとりあえずは、アルカさんが出たゲートの場所から始めるべきですよね。ゲートの場所とか、どうやって捜したらいいでしょう。何かとにかく、三角の場所ってこと……ですよね？」

アグワンは僕を見つめ、自信ありげに付け加えた。

「大丈夫だ、ゲートから離れたとしても、私はアルカの存在をぼんやりと感じられる。なんとなくだが方向もわかる。外に出て集中すればもっとはっきりするだろう。だからそちらに向かって、お前がそこに私を連れて行けば、アルカの居場所はわかると思う」

「あ、そういうことなら……」

僕はほっとした。

アグワンと、そのアルカという人は、何か感じ合うものがあるのかもしれない。大切な存在らしいし……もしかして、恋人とか、婚約者とか、そんな感じなのかも。

「じゃあとにかく、今日はもう遅いし、近いと言ってもどれくらいの距離を移動することになるかわからないから、明日の朝早めに起きて行動にかかりましょう」

アグワンは不審そうだ。

「この世界では、夜は行動できない決まりなのか？それとも馬の用意ができないのか？　おそらく、替え馬が必要なほどの距離ではないと思うのだが」

「ええと……」

僕は困って、言葉を探した。

ｔｒｉ世界では、移動手段は馬が基本なのか。

「この世界では、馬は使いません。さっき塾から……ええと、あなたが現れたゲートのある場所からここに移動するのにも、電車を……公共の交通機関を使ったんですけど、あれは夜は動いていないんです」

僕が車か、せめて自転車でも持っていればよかったんだけど。ここから歩いて塾のある駅まで戻るのはちょっと大変だ。

今の説明で意味がわかるだろうかと思ったけれど、アグワンは身震いするように全身を膨らませてからすっとしぼみ、頷いた。

「わかった。お前に出会えたのも神の引き合わせだろう。お前の言うとおりにする。面倒をかけるが、よろしく頼む」

「できる限りのお手伝いをします」

僕は頷いた。

アグワンの言葉はどこか偉そうなんだけれど、それがセキセイインコの愛らしい身体から発せられるとなんだか微笑ましい。

寝る支度《したく》をして布団《ふとん》に入ると、アグワンもスタンドの上で目を閉じた。

僕は、このおそろしく非現実的な状況を、自分がなんとか受け入れてしまっていることに驚きつつ、もしかして明日になったら全部夢だとわかるかもしれない、とも心のどこかで思っていた。


コツ、コツ、コツ、という小さな音で目が覚めた。

寝起きでぼんやりしながら音のする方を見ると、鮮やかなブルーグリーンの小さなものが、僕の机の上で、小鉢に斜めに突き刺さっている。

セキセイが、餌を食べてる……。

するとそのセキセイがぱっと顔を上げ、僕と目が合った。

ええと……昨夜のあれは……と思いながら固まっていると。

「やっと起きたか。食事を足してくれ。あと、新鮮な水もだ」

セキセイがそう言って、僕は完全に目が覚めた。

夢じゃなかったんだ！

やっぱりこの鳥はアグワンで、ｔｒｉ世界から来た人なんだ！

「あ、はい、おはようございます！」

僕は慌てて飛び起きて、餌入れを覗き込むと、ふわふわした殻の山になっている。

アグワンはそれをかき回して、底の方に残っている餌を突《つつ》いていたらしい。

是永から貰《もら》った餌を袋から足し、キッチンの水道から新しい水を汲《く》んでくる。

「昨日も思ったが、この世界の水はまずいな」

こくこくと水を飲んでからアグワンはぺっと顔を振り、小さな飛沫《しぶき》があたりに散る。

「すみません、ミネラルウォーターがあればよかったんですけど」

僕はそう答えつつ、アグワンはいつまでこの世界にいることになるのだろう、長引きそうなら餌も買い足しておかないと、と考えていた。

僕自身も手早く朝食を済ませ、出かける用意をしてから……

アグワンをどうやって連れ出そうかと考えた。

「昨日と同じ、この袋でいいですか？」

ハンカチを敷いたコンビニ袋を出すと、アグワンは首を振った。

「その袋に入っていると、アルカの位置がわからない」

そうか、遮断されちゃうんだ。

僕は狭い家の中を見回し、キッチンにあったステンレスの籠を引っ張り出した。

「これに入って、上にタオルか何かを被《かぶ》せて……」

「私を檻に入れるつもりか！」

ぶわっとアグワンの頭の毛が逆立ち、頭の大きさが倍くらいに見える。

「囚われの身になるつもりはない！」

「あ、すみません、ええと……」

籠ってそういうイメージなんだ、確かに。でもそうすると、アグワンを入れるようなものが何もない。

「何かに入らなければいけないのか」

おろおろする僕に、アグワンは不審そうに尋ねた。

……僕ははっとした。

別に、いいのか。

アグワンが本物のセキセイなら「逃げる」心配をしなくちゃいけないけど、その心配は必要ないわけで。

犬や猫じゃなければ……混雑してない車両なら、電車もいけるかも。

「あ、そうか、じゃあその……僕の、肩か頭の上にでも」

そう言って手を差し出すと、アグワンはぴょんと掌に乗り、それから腕を伝って肩に辿《たど》り着いた。

「ここでいい」

耳元で言われると、なんだか耳がくすぐったい。

僕は安物のスーツに通勤用のリュックを背負い、肩に鮮やかな色のセキセイインコを乗せるという格好で、外に出た。

「とりあえず、方向はどっちでしょう」

「……右だ」

アグワンが言ったのは、駅とは逆方向。

「ずいぶんと背の高い建物が多いのだな、わかりにくいが……おい、曲がるな、真っ直ぐだ」

「いや、人の家の敷地になってしまうので、回り込まないと……」

「お前が神官ならば、誰の家だろうと通り抜けられる権限があるのだろうに……」

アグワンは無茶なことをぶつぶつ言っている。

やがて、前方に小さな公園が見えてきた。

僕のアパートは学生時代から住んでいるところだけれど、駅と反対側なので来たことがなく、はじめて見る場所だ。

「この中に入っていっていいんですか?」

「方向はそっちだが、ちっとも近付いたような気がしない。アルカの気配が何かに遮断されて薄くなっているような気がする」

公園を通り抜けて、また道路に出たとき……

「あ!」

突然自転車が走ってきて、危うくぶつかりそうになり、避けた拍子に僕は転びそうになった。

衝撃でアグワンが肩から飛び上がってしまい、ぱたぱたと地面に降りる。

その瞬間——

灰色の何かが。アグワンに飛びついた。

猫だ！

「うわ、アグワン！　こら、だめだ！」

驚いて飛び上がったアグワンを、猫がジャンプして捕まえようとする。

僕は必死で、猫とアグワンの間に両手を伸ばした。

アグワンのふわふわした身体を両手の中に包んだのと同時に、手の甲に痛みが走って。

僕はそのまま、ヘッドスライディングするみたいに、道路の上に俯《うつぶ》せに倒れ込んだ。

「ア、アグワン、無事ですか!?」

猫に噛みつかれてはいなかっただろうか、まさか僕の手で潰しちゃったりしてないだろうかと手を広げると、アグワンは黒目を点にした怖い顔になって、固まっている。

そして僕から少し離れたところには、罪のない、ちょっと残念そうな顔をした、猫。

僕は膝立ちになり、それからゆっくりと立ち上がった。

「怪我は？　どこもなんともありませんか？」

そう尋ねると、アグワンの黒目がゆっくりと大きくなって白目部分がなくなる。

「私は……大丈夫だ。それよりお前が」

「あ」

手の甲には、くっきりと猫に引っかかれた痕《あと》。血がじわりと滲《にじ》んで、それを見た瞬間、ずきずき痛み出したような気がする。

「私のために怪我をしたのだな。あのような危険な生き物がいるとは……」

「これくらい大丈夫ですよ」

僕は公園の中に戻って水道で手を洗い、ハンカチを巻き付けた。

「あなたが無事でよかったです」

セキセイが猫に噛まれたら、怪我どころでは済まなかったはずだ。そんなことになったら、おそろしく後味が悪いことになったに決まってる。

　すると……アグワンはぶるりと身を震わせ、真剣な瞳で僕を見上げた。

「不覚だった。アクツユキ、お前は私の命の恩人だ。この恩は決して忘れない」

　そんなふうに言われると、なんだか照れくさい。

「さあ、とにかくアルカさんを捜しましょう」

　再びアグワンを肩に乗せ、左右にちゃんと気を配りながらまた歩き出す。

　右に左に真っ直ぐに、結局三駅分くらい歩いたんじゃないかと思い始めたとき……

「あそこだ！」

　突然アグワンが声を上げた。

　前方、道の突き当たりにあったのは……ビルの一階に入ったペットショップだった。それも、鳥専門と書いてある。

「ここ……ですか」

　それではやはり、ｔｒ：ｉ世界から日本語世界にやってきたアルカさんにも同じ「誤変換」が起きて、鳥になってしまっているんだ。

「早く、あの中へ」

　アグワンが急《せ》いたように言うけれど、そのお店はシャッターが降りている。

　近付いてよく見ると、平日は夕方四時から十時となっている。

「お店が、まだ開いていません」

「なんとか中に入る方法はないのか」

「あるかもしれませんけど、無理矢理入ると犯罪になってしまいます」

「くそ……」

　耳元でアグワンが悔しそうに呟くけれど、どうしようもない。

「あの、アルカさんがこのお店で売られているのなら、お店が開いてから買いに来るしかないと思います」

「買う、だと？」

アグワンは躊躇《ためら》った。

「しかし私は、この世界の金を持っていない」

「僕がなんとか」

鳥の相場はわからないけれど、とにかくあり合わせのお金で手付けを払って、あとはいくらなんでも貯金額を超えないように祈るばかり。

最悪の場合、クレジットカードのキャッシング枠を使うとか……それでも足りなければ金融会社から借りるとか。

そこまでの値段ではないと思いたい。

「すまない、借りは必ず返す」

アグワンはそう言うけれど、どういうかたちで返してもらうのか見当もつかないから、それは当てにしない方がよさそうだ。

それより、問題は時間だ。

三時には出勤しなくてはいけない。授業と後片付けが全部終わるのが八時くらい。それから急いでここに来るとして……先に売れてしまう、なんてことは……？

仕事を休んで、というのはどうしても難しい。何しろ新米講師で、塾側からの信用も信頼もまだない状態で、足下がしっかりしているとはとても言えないんだ。

いや。鳥の販売についてはよくわからないけれど、近所のホームセンターなどでは同じ鳥がいつまでも売れ残っているのをよく見るから、そんなにしょっちゅうしょっちゅう売れるようなものではないと思いたい。

とにかく、あとで出直してこようと決め、ひとまず出勤することにした。


塾に着くと、あれこれ雑用をする前にとりあえず教室にすっ飛んでいく。

昨夜僕が使った教室は、今日はまだ使われていなくて、棚の上にあの三角がちゃんと残っていた。

電車に乗る際にはまたコンビニ袋に入ってもらっていたアグワンを出す。

「これが、ゲート、ってことなんですよね?」

アグワンは棚の上に降りて、三角の周りをとことこと慎重に回った。

「そうだ。まさにこの、私の世界で偶然にできた三角形と、大きさは違うが全く同じ形のもの。それをこちらの世界で、神官でもないお前が作ったというのが、信じられない」

どう見ても、文房具で作ったただの三角形。三角の内側も当然棚の材質そのもので、そこから何かが出入りできるとはとても思えないんだけど。

「それで、ええと……これは、このままにしておかないといけない……ですよね……?」

「当然だ!」

驚いたようにアグワンが黒目を小さくする。

「これは現在稼働している唯一のゲート。これを壊したり移動したりしたら、私は私の世界に帰れなくなってしまう!」

うわ、そうなんだ……そんなことだったら厄介だな、と思っていたんだけど。

じゃあ、これをなんとか保存しなくちゃ。

何しろ、この教室は毎日三回は、講師も生徒も入れ替わる。定期的に業者の掃除も入る。

定規やペンで作った三角なんて、いつ誰に壊されても不思議じゃない。

僕はとりあえず、三角を崩さないように冷や汗をかきながら、周囲を段ボールで作った二十センチほどの高さの壁で囲い、その段ボールを棚の上にテープで固定した。

最後に、上を透明なビニールで覆い「授業で使うので、触らないでください　阿久津」と書いた紙を貼っておく。

それでも教務に見つかったら説明を求められるだろうし、納得いく説明ができなかったら撤去させられるだろうけれど、二、三日はなんとか時間が稼げるはずだ。

アグワンは僕の作業を不思議そうに見ていたけれど、

「誰にも壊されないようにしているんです」

と説明すると、

「なるほど、その文字が護符になっているのだな」

と納得した様子だ。まあ、確かに一種の護符かもしれない。万能の呪文《じゅもん》じゃないけど。

「とにかく、授業が終わったらすぐにあの店に行きますから……」

「授業とはなんだ?」

「ええと……僕の仕事です。子どもたちに勉強を教えるんです」

アグワンは可愛らしく瞬きした。

「まだ若いのに、そのような重要な仕事をしているのか」

その言い方からすると、tr:i世界では、教師というのは年配者に任される、尊敬される大変な仕事なのかもしれない。

僕は、自分が小規模な塾の、取るに足りない新米講師でしかないことをちょっと悲しく思った。

でも仕方ない、それが僕の、この世界での現実なんだ。

と、廊下をいくつかの足音が近付いてくるのがわかった。

「すみません、授業の間は袋の中にいてください」

僕が広げたコンビニ袋の中に、アグワンが無言でぴょんと入り、僕はそれをゲートを囲む段ボールの脇に置いた。

「あ、あくつん、もういたんだー」

入ってきたのは、一人の小柄な男子生徒だ。

小柄でやんちゃな彼は、確か僕をあくつんと呼び始めた最初の子で、言葉遣いもぞんざいだし僕を軽く見ている生徒の筆頭という感じだけれど、なんとなく憎めない。

「幹本《みきもと》くん、早いね」

「早くねーよ、もう時間だよ」

ここは学校ではないので、生徒が教室に入れるのは五分前からと決まっている。

時計を見ると、確かにもうそんな時間だ。

次々と生徒たちがやってきて、教室は二十人ほどの生徒であっという間に一杯になった。

「じゃあ始めます、こんにちは」

生徒の半分は無言、半分は面倒そうに「こんちはー」と返す。

僕はなんとか、挨拶《あいさつ》から授業を始めたいのだけれど、これも教務から「必要ない」と言われているので無理強いはできない。

「それじゃあ、最初にちょっと質問をするね。一足す一は？」

「にー」

挨拶を返してくれた生徒よりも少し多い数の返事が返ってくる。

「うん、そう。じゃあ、一足す一がどうして二になるかわかる？」

生徒たちは不審そうに顔を見合わせる。

「これは、正しいとか間違っているとか採点する質問じゃないから、好きなように答えてみて」

僕が促すと……

「……そう決まってるから」

「いっこといっこだったら、どう見たって二だもんね」

顔を見合わせつつ小声で言い合う中に、

「一と一を足したらなるものの名前が二って決まってるから……？」

一人の子が自信なさげに言って、あ、いい答えが出てきたと思い、

「もう一回言ってみて」

そう促したとき……

「先生、それって今日の授業に関係あるんですか？」

鋭い声が真ん中くらいから上がった。

眼鏡をかけた女の子。

「直接はないけど、でも」

「ないんだったら、変なことで時間使わないでください。中学受験に関係ないことをやりにここに来てるんじゃないんだから！」

決して意地悪を言っているのではなく……本当に真剣に、どこか焦《じ》れるように、泣きそうな声でそう主張する。

この子は……本当に算数が苦手な子だ。

いや、それを言うならこのクラスにいる子はみんなそうで、学校の算数の授業についていけていない子がほとんどだ。

半数くらいは、他の教科の成績はそこそこいいのに、算数だけがだめだという子たち。

そういう子は、本当に算数が大嫌いになってしまっている。

それなのに、受験レベルを求められて苦労している子もいる。

だから僕は、とにかく少しでも算数というものを好きになってほしくて、授業の前にちょっとだけ数字を使った遊びのようなことを取り入れているんだけれど……

「ごめんね、でも、今学校でやっている授業とか、中学受験に直接関係はないけど、もし算数を少しでも好きになれれば、いつかはきっと成績にも……」

「好きになりたいなんて思ってない！　とにかくちゃんと授業をやって！」

別な男子が声を上げ、

「ちゃんと授業やってくれないなら、親から塾に言ってもらうから！」

そんなことを言う子まで現れ……

僕は、自分のやろうとしていたことが、全くの独りよがりで生徒たちにはまるで通じていないいんだと実感した。

「……ごめん」

授業に入ろう、と言いかけたとき。

「お前たち！　その態度はなんだ！」

突然甲高い声がしたかと思うと、教室の隅からブルーグリーンの小さなものがぱっと飛び出した。

アグワンだ、と思ったときには――

アグワンは教卓の上にぱたぱたと降り、生徒たちの視線を一身に集めてしまっていた。

「ちょ、アグワ――」

「お前たち、学ぶ身でありながらその態度は何ごとだ！　師とは、お前たちを導く者であるのに、なんたる態度だ！」

その口調は、真剣に憤っているのがわかるけれど……何しろセキセイインコだ。

生徒たちはぽかんと口を開けてアグワンを見ていたけれど、次の瞬間わっと沸き立った。

「インコだ！」

「インコがいる！　なんで!?」

「これ、先生の？」

「喋ってる！　すごい喋ってるよね！」

がたがたと椅子から立ち上がり、教卓の周囲に集まってくる。

「みんな、座って、違うんだ、これは……」

「先生！」

僕を真剣な目で見上げたのは、さっき「親から塾に言ってもらう」と不満の声を上げた子だった。

「この子喋るの？　もっと喋らせて！」

「え……」

アグワンはその子の方に向き直り、

「その声は、先ほどの者だな。お前は何を怖がっているのだ。師が導いてくれるのだから、安心して素直に従えばよいのだ」

ふかふかの胸を丸くふんぞり返らせてそんなことを言う。

その生徒は目を丸くしてアグワンに顔を近付けた。

「すごい、たくさん喋ってる！　うちのインコなんて、こんなに喋らないのに。どうやって教えたんですか？」

「それってさあ、あくつんが、教えるのうまいってことなんじゃね？」

幹本がおどけて言い、生徒たちはきらきらした目で僕を見つめた。

「そっか、あくつん、すごい特技あるんだ！」

「先生、この子触れる？　触ってもいいですか？」

「いやあの、触るのはなしにして……アグワン」

僕が慌ててコンビニ袋を広げてアグワンに入ってもらおうとしたとき――

「何ごとですか」

廊下から覗き込んだのは、教務の村上さんだった。

「なんの騒ぎです？」

そう言って……教卓の上のアグワンに目を留める。

「それは？　阿久津先生、ペットを教室に持ち込んでるんですか!?」

村上さんの声が厳しくなる。

「いえ、いや、はい、すみません……」

「そうでなくても先生の授業は甘いという話なのに。ここは幼稚園じゃないんです、生徒さんたちの……」

「今、授業中なんだよ！」

幹本が村上さんを遮った。

「先生、早く授業やろうよ」

別な生徒もそう言って、席に戻る。

村上さんは一瞬言葉に詰まり、生徒たちが次々席に着くのと、教卓でふんぞり返っているセキセイインコに交互に視線をやり……

「本当にすみません、やむをえない事情があって。二度と連れてきたりしませんから」

僕が深々と頭を下げると、ため息をついて教室を出て行った。

「やったー」

「あたし、あの人嫌いなんだよね」

「すぐあくつん苛《いじ》めるしね」

生徒たちが小声で楽しそうに言い合っているのを、「そんなことを言っちゃだめだよ、連れてきた僕が悪いんだからね」

僕はそう言ってたしなめた。

「アグワン、この中に……」

もう一度袋を広げようとすると、

「先生、袋はかわいそう。ちゃんと授業受けるから、出しておいてあげてください」

きっぱりとそう言ったのは、最初に「受験に関係ない」と言った女の子だった。生き物を入れるのにコンビニ袋はあまりにもひどいと思ったんだろう。そういう優しさをちゃんと持っている子だ。

「ありがとう。じゃあ……」

僕は教室を見回し、例のゲートを囲ってある段ボールをアグワンに示して、

「あの横にいてください」

そう言うと、アグワンは黙ってぱたぱたと示された場所に移動する。

「すげー」

「ちゃんと言うこと聞くんだね」

「言ってることわかるんだ」

「あくつん、すごい。どうやって教えたんだろう」

生徒たちが目をきらきらさせていて、僕は少々後ろめたくなる。

それでも、生徒たちの視線に尊敬が含まれているのは、授業を進めるにあたってはありがたいことだと思う。

「じゃあ、貴重な時間が過ぎちゃったから、無駄話はやめましょう。昨日の宿題、やってきた?」

僕が尋ねると、生徒たちはばさばさとノートを広げ始めた。


その日の授業は、かなりうまくいったと思う。

生徒たちが「聞く気になってくれた」のが大きい。どうやら、セキセイインコに言葉や芸のようなものを仕込むのがうまいというのが「教えるのがうまいのかもしれない」と変換されたみたいで。

聞く気になってくれれば、僕の方からの質問もしやすくなる。

生徒一人一人が、どこに引っかかって前に進めないのかが把握できたりもする。

その子が引っかかってしまったところに立ち戻って指導ができる。

これはつまり……ちょっとしたきっかけで「信頼された」ということなんだと思う。

そのちょっとしたきっかけというのはアグワンのことなんだから、アグワンのおかげだ。

授業が終わると、「先生、またその子連れてきてね」生徒たちはそんなことを言って、教室を出て行く。

その日はもうひとつ別なクラスの授業があって、なかなかペットショップに行けないことでアグワンだってじりじりしていたと思う。

けれど、休み時間の間だけまたちょっと外に出ていたアグワンに、また袋に入ってもらおうとしたとき、アグワンはふと言ったんだ。

「お前は、よい師だ。弟子《でし》の心を見ている。それは師として最も重要な資質だ。ただお前に必要なのは……自信を持つことだな」

それだけ言って、ぱっと袋の中に入る。

けれど僕は、その言葉がずしんと重たく心に落ちるのを感じた。

自信を持つ。

そう……確かに僕には自信がない。

もともと教えることを志していたわけではなくて、博士課程に進めなかった結果の、ある意味仕方のない選択だった。

僕自身、社交的でもなく話術もなくて、教えるということにおっかなびっくりだった。

けれど……

僕が自信なさげに教えていたら、生徒たちが信頼してくれるわけがない。

アグワンの言葉は、僕にとって根本的な、教える立場にある者としての、姿勢の問題を指摘してくれたんだ。

自信を持てと言われて次の瞬間から持てるものではないけれど、努力していこうという目標にはなる。

そう思いながら僕はその日の授業をこなし、授業後の事務的なことも大急ぎで終えると、アグワンが入った袋を摑んで駅に向かって走った。

電車に乗り、例のペットショップの最寄り駅で降りると、アグワンの袋を開ける。

アグワンはすぐに宙に躍り出て、ペットショップの方向に向けて羽ばたいた。

僕も走って後を追う。

アルカという人がどういう鳥の姿なのかわからないけれど、とにかく売れていませんように。

そして、僕にも買える金額でありますように。

ビルの一階にあるペットショップは、シャッターが上がり、店の中は明るい照明で輝いていた。

店の中央にガラスで囲まれた広いスペースがあって、生体はその中にいるようだ。周囲は小物や餌などで囲まれていて、店員が奥の方で何か作業をしながら「いらっしゃいませ」と声をかける。

生体スペースの扉を開けると、アグワンがさっと中に入り、僕も続いた。

大小様々な鳥たちが一斉に鳴き声を上げたけれど、アグワンは迷いなくスチール棚の上の方にあるひとつのプラスチックケースを目指す。

「アルカ!」

叫んで飛びついた先のケースには……美しい小鳥がいた。

大きさは、アグワンと同じくらいだろうか。胸の部分が赤っぽく、背中は瑠璃色《るりいろ》。小さなとさかがあり、くちばしは細く尖《とが》っていて、尾は優雅に長く、先が二本に分かれて上向きにカールしている。

なんていう種類だろう、変わった種類のカナリアだろうか。とにかく美しい鳥だ。

「アルカ! アルカ、今助けてやるからな!」

アグワンがケースの中に向かって叫ぶと、その小鳥……アルカは、ばたばたと羽ばたいてアグワンの目の前で何度もジャンプした。

心が通じ合っている存在なんだ、とわかる。

僕はそのケースの値札を探した。

他の鳥籠やプラスチックケースには、鳥の種類や性別などと一緒に値段が書かれた札が貼ってあるのに、アルカが入ったケースには……その左右の、他の鳥が入ったケースにも、そういう札はない。

そして、僕はぎょっとした。

その棚の隅に——「売約済み」と書かれたカードが貼ってある——！

売約済み！

なんてことだろう、この棚の鳥は、つまりアルカは、もう誰かに買われてしまっているんだ！

「おい、アクツユキ、早くアルカを助けろ！」

アグワンが僕の肩に飛んできて、耳をくちばしで引っ張る。

「待って、待ってください、もう誰かが買ってしまっているみたいなんです」

「なんだと!?」

僕は慌ててガラスの部屋の外に出た。

「あの、すみません！」

店員に声をかけると、「はい」と返事をして、エプロンをした女性が入ってくる。

「すみません、あの鳥なんですけど」

僕がアルカのケースを指さすと、

「あ、あの子は売約済みなんですよ」

店員は答えた。

「珍しい鳥でしょう？　カナリアの色変わりらしいんですけど、私もはじめて見た種類ですねえ。皆さん、興味を持たれます」

「売約済みって、どういう方に売れたんでしょう？　どうしてもあの鳥が欲しいんです。必要なんです。お金は売値よりも多く出しますから、僕に売ってもらうわけにはいかないでしょうか」

僕が必死に言うと、店員は怪訝そうに眉《まゆ》を寄せた。

「そういうわけには……。売買契約は済んでいますから」

「そこをなんとか！」

僕は両手を合わせた。

「僕に売っていただくか、売約済みの方を教えてもらって、直接交渉させてもらうか……なんとかお願いしたいんです」

店員は二歩ほど後ずさった。

「……無理です。もし万が一、また珍しい子が入ったら、ご連絡させてもらうことはできますけど……」

「別な子じゃだめなんです！」

あの鳥は、アグワンがｔｒ：ｉ世界から捜しに来た、特別な存在。

ただの、珍しい鳥じゃないんだ。

困惑していた店員は、そのときはっと、アルカのケースにへばりついているアグワンに気付いた。

「あら、セキセイが逃げちゃってる！　でも、どこから……？」

僕は慌ててアグワンに手を伸ばした。

「すみません、これは僕のなんです」

アグワンはアルカの方を見ながらも、僕の手に乗ってくる。

店員は目を丸くすると……

「持ち込んだんですか!?　籠にも入れないで、自分の鳥を!?　信じられない！」

そう叫んで、ガラス扉を開けた。

「出て行ってください、早く！　病気とか持ち込んだらどうするつもりなんですか！」

「病気だと？　失敬な――」

アグワンが言いかけたけれど、僕は慌ててガラス部屋の外に出た。

店員も続いて出てくると、店の奥に向かって、

「店長！　店長、ちょっとお願いします！」

そう叫ぶ。

どうしよう。

完全におかしな客……いや、客ですらないおかしな闖入者《ちんにゅうしゃ》だと思われてしまった。

籠に入れもしないで自分のセキセイを連れ込み、売約済みの鳥をどうしても欲しいと頼み込むなんて、確かにまともな人間のすることじゃない。

「何？」

店の奥の扉が開いて、大柄な男性が出てきた。

「どうした？」

「あ、店長、この人が……」

そのとき、店のドアが開いて、外から誰かが入ってきた。

店長と店員の視線が同時にそちらを向いたので、つられて僕も入り口を見ると、一人の、ひょろりとして眼鏡をかけた、暗そうな中年男性が入ってきたところだった。

「あの、高杉《たかすぎ》ですけど、引き取りに来ました」

店員がはっとしたように僕の方を見て、店長に向かって人差し指を口に当てようとするより一瞬早く、

「ああ、あの色変わりのカナリアですよね」

店長がその客に笑顔を向ける。

それじゃあ、この人が、アルカを買った人なんだ！　店長はガラス部屋に入って、アルカが入ったケースを出してくる。

「籠とかはあるんですよね、ええと、お会計も済んでいますし、書類もお渡ししてあるし。じゃあこのままで」

僕が呆然と見ている前で、プラスチックケースを大きな紙袋に入れてしまう。

「こちらにサインを」

アルカを買った男は、紙袋を受け取って差し出された紙にサインし、

「じゃあ」

と店を出て行ってしまう。

「アクツユキ！　おい、アクツユキ！」

アグワンが僕の頭の上に乗ってばたばたと騒ぎ、僕ははっと我に返った。

「待ってください！」

慌てて店を飛び出し、大きな紙袋を持った男を追

いかける。

「……なんです？」

男は立ち止まり、じろじろと僕を眺めた。

「その……その袋の中の鳥、僕に譲っていただけませんか」

「はあ？」

男は馬鹿にしたような声を出す。

「そんなことできるわけないでしょ。あんた何言ってんの？」

僕は言葉に詰まった。

ただただ、その鳥が欲しいんだとだだっ子みたいに言ったって、通じるわけがない。

だったら……ええと、ええと……！

僕は、頭の上にいたアグワンを手に乗せて差し出した。

「この鳥と、そのカナリアは、特別な関係なんです。引き裂くわけにはいかないんです。一緒にしてあげないと！」

言ってしまってから、相手がおかしなものを見る目で僕をうさんくさそうに見つめたので、僕はしまったと思った。

「……何それ、鳥同士が前世の恋人同士とか、そんな話？」

それでも、男がゆっくりとそう言ったので、もしかすると話が通じる人なのかもしれないと思ってうんうんと頷くと。

男はいきなり片手を伸ばして、アグワンを摑んだ。

「何をする！　けけけけけけ！　離せ！　けけ！」

叫ぶアグワンを、人差し指と中指の間に首を挟んだ器用な摑み方で固定してしまい、持ち上げてまじまじと見る。

「オパーリンかあ。これもちょっと色変わりだよね。背中の黒の抜け具合が変わってるし、まあいいか」

そう言って、僕を見る。

「引き離しちゃいけないなら、俺がこのセキセイも引き取るけど？　それでいい？」

「え……え!?」

思いもかけない言葉に、僕は慌てた。

ど、どうすればいいんだろう。

それも、あり?

思わずアグワンを見ると、必死に、左右に首を振っている。

そうだ。この人にアグワンを預けて、アルカと一緒になれたからと言って、そこで囚われの身になっていたらどうしようもない。

「だめです、それは」

僕が言うと、男はぽいと僕にアグワンを投げてよこした。

「じゃあ無理だね。悪いけど、急ぐんで」

そう言って身を翻し、駅の方に早足で歩いて行ってしまう。

「アクツユキ、どうすればいいのだ。アルカが行ってしまう。お前には神官並みの力があるのではないのか。名前に聖なる文字を戴《いただ》いていることを明かせば、状況は変わるのではないのか」

アグワンは、僕の腕から肩へ、肩から頭へとせわしなく飛び回る。

けれど僕にはなんの力もない。ゲートはたまたま作った三角だし、「あ」のつく名前なんてこの世界ではなんの意味もない。

「くそ、私がこんな無力で情けないなりでさえなければ。アルカ……!」

アルカを呼んだ声が、切ない響きを帯びた。

そうだ。アグワンにとって、アルカは本当に大切な存在なんだ。恋人とか、婚約者とか、もしかして奥さんとか、そんな存在なのかもしれない。

僕も、ここで諦めちゃだめだ。

とにかく、あの男を追いかけて。それから、それから……

あの紙袋をひったくる?

それとも、家を突き止めて……盗み出す……?

あまりにも大それた考えだけれど、それしかないような気もしてくる。

「とにかく、追いましょう」

僕は男が向かった駅の方に向かって走り出した。

アグワンは、僕の肩のあたりにしがみついている。

改札のあたりで左右を見回したけれど、男の姿は見つからない。

するとアグワンが、

「アクツユキ、向こうだ！」

駅の反対側に向かって飛んだ。

急いで後を追うと、確かに、あの男の後ろ姿だ。

駅の反対側は上り坂になっていて、住宅地と会社のビルがモザイクのように入り組んでいる。

僕は、男を見失わないように、気付かれないように、必死で建物の陰や電柱に身を隠しながら後を付けた。

日はとっくに暮れていたからいいようなものの、昼間だったら絶対に気付かれていたと思う。

通行人も少ない道だったけれど、それでも時折行き交う人には、あからさまにじろじろ見られたり、指さされたりして冷や汗ものだ。

不審者として警察に通報されたりしたらどうしよう……と内心どころか実際に背中に冷や汗をかきつつ、二十分ほど歩いたとき。

とうとう男はとある建物の前で立ち止まり、そして門の中に消えていった！

「アクツユキ、あそこだ！」

「はい！」

急いでその建物に駆け寄ってみると……

それは、高い塀に囲まれた五階建ての無機質なビルだった。

男が消えた門は、中が見えないようになっている、鉄扉のようなしっかりしたもの。

これはどう見ても、普通の住宅やマンションじゃない。

あたりを見回すと、門から少し離れた壁に横長のプレートのようなものがある。

駆け寄ってみると……

「高杉鳥類研究所」とあり、下に小さく「付属鳥類園」と書いてある。鳥類園の開館は、週二回、平日の日中だけ。

「アクツユキ、ここはなんなのだ」

アグワンが肩に降りてきて尋ねる。

「ここは……鳥を研究する、研究所らしいです。付属鳥類園とも書いてあるから、展示用に珍しい鳥を集めているのかもしれません……」

僕はようやくそう答えつつ、これは本当に困ったことになったと思った。

こういうところが、アルカを「珍しい色のカナリア」として入手したのなら、一般人が欲しいと言って譲ってくれることはまずない、という気がする。

気がつけば、防犯カメラのようなものが随所にあるし、セキュリティ会社のシールも貼ってある。

ここから……たとえば最終手段として盗み出すしかないとしても、それは無理だ。

「ここには入れないのか」

アグワンは急いたように尋ねる。

「無理です……無理だと思います」

僕はそう答えるしかない。

「塀はたいした高さではない。何か、縄のようなものでも探してくれれば」

「そんなことをしたら、僕は犯罪者として捕まってしまって、アルカを取り戻すなんてことはもっと難しくなります」

「犯罪者……？　それはお前が罪人として獄《ごく》に繋がれるということか!?」

驚いたようなアグワンの問いに、僕は頷くしかない。

「でも、とにかく何か……方法を考えないと」

僕はとにかく落ち着こうと周囲を見回し、少し離れたところに小さな公園があるのに気がついて、そちらに向かった。

そこだけぽっかりと街灯に照らされていたベンチ

に腰を下ろすと、アグワンも背もたれに止まる。

「……お前に、負担をかけているな」

アグワンがぽつりと言った。

「アルカを取り戻さなければならないが、お前が、自分の世界で生きにくくなるほどの負担を頼むわけにもいかない。手を引いた方がいいようならそうしてくれ」

「そんな！」

僕は驚いて首を振った。

確かに、とんでもないことに巻き込まれてしまったという感じはなくもないけれど、だからといってここでアグワンを見捨てたりしたら、おそろしく後味が悪いことになる。

乗りかかった舟、というか。

毒を食らわば皿まで、というか。

けれどいったいどうすればいいのか見当もつかない、というのが正直なところ。

しばらく黙って、考え込んでいると……

「よし、助けを呼んでこよう」

決心したように、アグワンが言った。

「助け？」

「私の世界から。それが可能かどうか、やってみなくてはわからないが……」

ｔｒｉ世界から、他の人？　鳥？　を呼んでくるということ？

アグワンが、ぴょんと僕の膝に飛び乗り、つぶらな瞳で僕を見上げた。

「あのゲートに、今から行くことはできるか」

アグワンが出てきたゲート。僕が作った三角形。

時計を見ると、塾はもう閉まっている時間だけれど、夜間の警備員に忘れ物をしたとかなんとか言えば入れてもらうことは可能だと思う。

「あのゲートから……向こうに戻って、誰かを連れてくるということですか？」

「ゲートの安定度数が不明なので、一度戻って、またこちらに来られるかどうかはわからないが。それに、あのゲートを使うと全員が鳥になってしまうのなら、こちらの世界でどれだけのことができるかどうかもわからないが、他に方法がないのなら、とにかくやってみなくては」

不安な賭《か》けではあるんだ。

でも、アグワンがそう言うのなら。

「行きましょう」

僕が立ち上がると、アグワンも僕の肩に飛び移った。


「忘れ物ですか？　明日じゃだめなんですか？」

守衛室の警備員は不審そうに言ったけれど、どうしても明日の授業の準備に必要なものなんだと頼み込むと、中に入れてもらえた。

教室に急ぎ、電気をつけて窓際の棚に駆け寄る。

三角を崩さないように段ボールを固定したテープを慎重に外し、取り去る。

どこをどう見ても、棚の上に、マーカーとボールペンと美容院の割引券が適当に置かれているだけ。

僕にとっては、こうして改めてつくづく見ても本当に美しいと思える僕好みの三角ではあるけれど、これが異世界と繋がっているゲートだなんてやっぱり信じられない。

でも、これを作ったのが僕であるのは事実で、その責任はあるんだ。

「……では、行ってくる」

アグワンが静かに言った。

「どれくらいで戻ってこられるかわからない。すまないが、私が戻るまでこのゲートをなんとか保持してほしい」

僕は頷いた。

本当に僕はなんの力にもなれなくて、せめてやれることといったらそれくらいだ。

「待っています」

僕がそう言うと……アグワンは……セキセイイン

コなのに、どうしてか片頬でにやりと笑った、ような気がした。

棚の上にぱたりと降り、それから決意したように三角形の中にぴょんと飛び込む。

その瞬間――

三角形の中から、ものすごい光が溢れ出し、アグワンの身体を包んだ。

そして。

アグワンの姿がその光の中に消える瞬間、僕は確かに見た。

セキセイインコだったアグワンが、長い黒髪の、精悍《せいかん》な男の顔になるのを。

あれがアグワン……？

そう思ったときには、光の洪水は再び三角に吸い込まれるように消え失《う》せていた。

残ったのは、なんの変哲もない文房具と割引券。

僕は思わず、無意識に詰めていた息をほうっと吐き出す。

本当だったんだ。

今さらだけど、この三角は本当に、この世界とｔｒｉ世界を繋ぐゲートで。

アグワンは本当に、こちらに来るとセキセイインコになってしまうけれど、向こうでは人間で。

一瞬見ただけだけれど、年はたぶん……三十くらいだろうか、精悍で整った顔立ちの、男らしい姿で、摂政王子という身分にふさわしい威厳も具《そな》えているように見えた。

アグワンが無事にｔｒｉ世界に戻れて、助けを連れてこられますように。

どれくらい時間がかかるかわからないけれど、そうすぐというわけにはいかないだろう。

とりあえず僕は、もう一度ゲートを覆ってから家に帰ろうと、段ボールの枠を取り上げた。

その、とき。

再びゲートから光が迸《ほとばし》り、僕は慌てて後ずさる。

すると、光と一緒に……たくさんの鳥が、飛び出してきた！

大小取り混ぜて、何十羽か。

渦を巻くように教室中に広がり、僕の周りを何度か回って、次第に机の上などに降りていく。

そして……

最後に、アグワンが出てきた。

同時にゲートから迸る光も消える。

アグワンは、段ボールを持ったまま固まっている僕に気付いた。

「アクツユキ、どうやらうまくいったようだ。ずっとここで待っていてくれたのだな」

「いや、ずっとっていうか……たった今アグワンを見送って、家に帰ろうと思っていたところなんですけど」

「なんだと？　たった今？」

アグワンは訝《いぶか》しげに首を傾げ、窓の外を見る。

「半日後ではないのか？　おかしいな、外が夜のままだ」

「半日？　アグワンが向こうに帰ってから、三分も経っていないかと……」

「どういうことだ」

すると、アグワンの隣に、ばさりと一羽のふくろうが降りてきた。

「摂政王子よ、今おっしゃっていたことからすると、どうやらゲートのあちらとこちらでは、時間の流れに差があるのではないかと」

「そんなことがあるのか？　だが老師がそう言うなら……」

そう言いかけて、アグワンは改めてふくろうをまじまじと見る。

「老師はその姿か。だが私には老師だとわかる。他の者は……」

あたりを見回すアグワンにつられて、僕も教室中を眺め渡す。

見事に、鳥、鳥、鳥。

けれど種類はさまざまで、中型や大型のインコのようなものから、鷹《たか》や鷲《わし》、鴨《かも》やフラミンゴなど、大から小までまちまちだ。

「……便利で強そうな体格の者も多いではないか。なぜ私はこの姿なのだ」

アグワンは不満そうだ。

すると老師と呼ばれたふくろうが首をくるりと回して瞬きした。

「どうやら、法則があるように思えますぞ。身分の高い者ほど、小さい鳥の姿になっているように思えますな。理由はわかりませんが」

「……なるほど、そういうことか」

「私も、摂政王子の指南役ではありますが、この大きさはもともとの身分に見合っているように感じます」

老師とアグワンは頷き合い、納得している。

「で、こちらがアクツユキどのですかな?」

ふくろうが考え深そうな目で僕をじっと見つめた。

「あ……はい」

「摂政王子が強引に我が□☆×世界の問題に引き込んだのでなければよいのだが……聖なる文字を戴く、しかも五文字名の尊いお方とお見受けしますが、失礼はなかったですかな」

穏やかで優しい言葉に、僕は慌てて首を振った。

「そんなこと。それに……」

どうも、相手が勝手に僕の名前を高貴な身分と思い込んだままではどうにも気が引ける。

どうやら頭に「あ」の字がつくだけでなく、五文字というのも特別らしい。

でも阿久津は家の名前で、僕の名前そのものは結季の部分だけなのだと、改めて説明しようとしたとき……

一羽の、ピンク色の中型インコが、ぱたぱたとアグワンの前でホバリングをした。

「殿下《でんか》、各人の現在の能力等、確認終わりました。爪やくちばし等、武器や道具として使用可能。ただちにアルカさま救出に向かえます」

「そうか、エズル、ご苦労」

アグワンの顔が……セキセイなりに、引き締まったような気がする。

「では、行くぞ。アクツユキ、先導を頼む」

「え、あ、はい！」

答えたものの、どうしよう。

この鳥たちを引き連れて、守衛室の前を通るわけにはいかない。全員で電車に乗るわけにもいかないだろう。

いいや、そうか、全員飛べるんなら。

「窓、開けますから。ここから出てください。アグワンは、アルカさんの居場所はわかりますよね？ 直線距離なら、電車と変わらないと思いますから、飛んだ方がいいかもしれません。近くに集まって、僕が行くのを待ってください」

「わかった」

僕が窓を開け放つと、鳥たちが一斉に飛び出していく。

最後の一羽を見送り、ほっとしてふと傍《かたわ》らを見ると——

「うわ！」

一羽の鳥がまだ残っている！

僕の腰くらいまでありそうな、灰色の鳥。

くちばしがやたらと幅広くて大きくて……なんか、テレビで見たことがある、なんだっけ、なかなか動かない鳥。

飛べないんだろうか？ 飛ぶのに時間がかかるんだろうか？

どうしよう……と思ったとき、背後で声がした。

「先生？ 窓を開けて何をしているんですか？ 忘れ物は？」

警備員だ。

「あ、すみません！」

僕は急いで窓を閉め……思い切って、足下の大きな鳥を抱え上げた。

「……それは？ 忘れ物ってそれですか？」

驚いている警備員に、

「置物なんです！」

なんとかそう言って、僕は鳥を小脇に抱えた。

「ご迷惑をおかけしました、帰ります！」

鳥はじっと動かない。

僕はそのまま、塾の建物を走り出た。

暗い空を見上げても、もう飛んでいったアグワンたちは見えない。

駅まで急ぎ、本当に置物なんじゃないかと思えるけれど、ほんのり温かく大きな動かない鳥を抱えたまま電車に乗る。

周囲の人々の視線が僕に集まっているのがわかるけれど、必死で動じていないふりをして。

そして目的の駅で降りる。

目的の鳥類研究所前に着くと、夜の闇の中、あたりの電線や塀の上には、ぎっしり鳥が並んでいた。

アグワンが僕の肩に飛んでくる。

「アクツユキ、早かったな。そして、抱えているのは……神殿の門番のベモではないか」

ふくろうもやってきて、僕が抱えている鳥を見つめる。

「なんと、ベモか。我々がこちらに来ている間、我が世界のゲートを守っているよう申しつけたはずなのに、お前も来てしまったのか。足手まといにならねばよいが……」

僕がその、門番のベモとやらを地面に置くと、ベモはゆっくりと瞬きをした。

「……お役に立てることもあるかと思い……」

もそもそとした口調でそれだけ言って、それきり黙り込む。

そうだ、思い出した。これは確か、ハシビロコウとかいう鳥だ。

なかなか動かないので有名な鳥。

そこへ、先ほどもアグワンに報告をしたエズルとかいうピンクの中型インコがやってくる。

「偵察が戻りました。近衛《このえ》の中で、身体の小さい者ならば入れそうな場所があります。そこの窓の鍵は単純なつくりですので、内側からそれを開ければ、一番大きな者も入れるかと」

「そうか」

アグワンの顔がきりりと引き締まった……ような、気がする。

エズルが続ける。

「アルカさまの居場所を感じ取れるのは殿下だけです。誘導をお願いいたします」

「わかった」

アグワンがばたばたと舞い上がった。同時に、鳥たちもざわりと身じろぎし、順番に宙に浮かぶ。

「あの、僕は？　中から門を開けてもらえれば……」

僕が慌てて尋ねると、アグワンが僕を見つめた。

「お前が、この世界で罪に問われるようなことを頼むわけにはいかない。ここで待て。アルカを助け出したらまた手を借りねばならぬだろうから」

威厳のある口調に、僕は頷いた。

確かに、僕が不法侵入とかで捕まってしまったらなんにもならない。

「ええと、それじゃああの……」

この世界の住人である僕の知識で、彼らの役に立ちそうなこと、は。

「ここ、警備会社のシールが貼ってあったので、窓を開けると非常ベルが鳴るかもしれません。ベルが鳴ったら、たぶん何分かで人がやってくると思うので、急いでください」

「音が鳴ったら、残り時間は短いということだな。わかった」

僕の言葉に、アグワンは頷いた。

「では、近衛の三名、斥候《せっこう》に続け。他の近衛は私とともに。他の者は、窓が開くまで空中で待機」

アグワンの言葉に、ばっと鳥たちが規則的なかたちになり、次々と塀を越えて、敷地の中に入っていく。

足下には、身じろぎもしないベモだけが残った。

僕は、ただただ塀の向こうに静まり返っている建物を見つめているしかない。

うまくいくだろうか。

アグワンは無事に、アルカを助け出せるだろうか。

誰も……怪我をしたりしないでほしい。

我ながら、あの異世界の鳥たちにこんなにも肩入れしてしまっているのが不思議だ。

でも同時に、アグワンがあの小さなセキセイインコのなりで、「殿下」と呼ばれ威厳ある態度できびきびと指揮を執っているのを見ると、きっと大丈夫、という気がする。

ｔｒｉ世界からこちらに来ると、どうやら身分が高い方が小さな鳥になってしまうという妙な法則があるようだけれど、実際の身体の大きさはきっとそういうものではないんだろう。

ゲートに消える前に、一瞬見えたような気がする、アグワンの横顔。

あの、精悍で男らしい顔が本物のアグワンの顔だとすると、背が高く堂々とした姿が似合うと思う。

王子といっても、たおやかなプリンスというよりは、騎士《きし》の鎧《よろい》が似合いそうな。

そんなことを考えつつ、待っていると――

突然、建物の中から非常ベルの音が鳴り響いた。

中に入って……窓を開けたんだ！

どれくらいで警備会社が駆けつけるんだろう。

急いで……！

手に汗を握るような気持ちで待っていると、突然塀の中から誰か男の声がした。

「待て！　くっそ、どうなってるんだ！」

同時に、羽ばたきの音とともに、ものすごい勢いで鳥たちが敷地の外に飛び出してくる。

僕の頭の上をかすめた鷲の足に、小さな籠が握られているのが見えた。

きっと、アルカだ。

見つけ出したんだ！

そのとき、建物の門が開いた。

守衛らしい制服を着た白髪頭の男が、虫取り網のようなものを持って走り出てくる。

「なんてことだ、くそ……！」

柄の長い網を振り回すと、一羽の中型の鳥がそれに捕らえられた。

いけない、なんとかしなくちゃ――！

男の方に駆け寄ろうとした瞬間。

男がいきなり、顔から地面にすっ転んだ。

驚いてよく見ると、男の足首に、僕の傍らにいたはずのハシビロコウのベモが食らいついている。

「なんだこいつ、これも逃げたやつなのか!?」

男が虫取り網を手から離したので、僕は急いで網の中にいた鳥を外に出した。

「アクツユキさま、かたじけない」

鳥はそう言って、他の鳥の後を追う。

守衛の男が立ち上がり、今度はベモを捕まえようとしたので、僕はとっさに駆け寄って、男の袖《そで》を掴んだ。

「あの！」

「なんだ!?」

苛立《いらだ》って振り向いた男に、僕は何を言おうかと一瞬言葉に詰まり――

「え、駅はどこですか？」

気がついたらそんな言葉を口にしていた。

「は!?」

「駅はどこですか？　道に迷っちゃったんです、急いで駅に行かなくちゃいけなくて！」

「こっちはそれどころじゃないんだ！」

怒りを見せる男の足下からベモが驚くような速さで走り出すのを横目で確認し、僕は男の手を離した。

「すみません、でも、駅が……」

「あっちだよ！」

男が怒鳴って駅の方角を指さす。

そのときには、助走をつけたベモはばささと飛び上がっていた。

よかった、飛べる鳥だったんだ。

「ありがとうございます」

僕は頭を下げつつ、鳥たちが駅と反対側にある公園の方に向かったのが見えていたので、構わずそっちに向かって走り出す。

すると、道の向こうから警備会社の車が走ってくるのが見えた。

よかった、間に合った。

車とすれ違ってから、公園に駆け込む。

するとそこには……

鳥たちが、ベンチを中心に輪になって地面に佇《たたず》んでいた。

大きい鳥が外側に。

そしてそのベンチの上に籠があり、その上に、美しい瑠璃色の背をしたカナリヤと、アグワンの姿が。

見つめ合い、互いにしきりに何か小さい声で言い合っている。

よかった……！

ほっとしながら近寄ると、アグワンがぱっと飛び立って僕の胸のあたりに飛びついてきた。

「アクツユキ、感謝する！　無事にアルカを救い出せた」

「そんな、僕は何もしてないです」

「そんなことはない、本当にお前のおかげなのだ。アルカ」

アルカも僕の前に来て……

ぴるるるる、と美しい声で鳴いた。

「あれ……アルカ、さんは……この世界の言葉が話せないんですか……？」

アルカとアグワンが、驚いたように顔を見合わせる。

「アルカの言葉が、お前にはわからないのか？　私にはアルカの言葉もお前の言葉も同じように聞こえるが」

「おそらく」

口を挟んだのはふくろうの老師だった。

「アルカさまがこちらに来たゲートが、ユーキさまが作られたゲートと異なるからかもしれませんな。ゲートに関しては、まだまだわからないことばかりなのです」

「そうか。ゲートの研究も進めねばな」

アグワンはそう言って、また僕を見上げる。

「アルカも、アクツユキに心から礼を言っている。そして……皆の者も、アクツユキに礼を」

アグワンが鳥たちに呼びかけると……鳥たちが一斉に、僕に向かって頭を下げる。

「いや、そんな」

僕は照れくさくなってしまい、同時に、このままここにいるわけにはいかないと思い出した。

「警備会社の車が来ていました。ここから遠ざからないと」

「では、このままゲートへ？」

アグワンがふくろうの老師に尋ねると、老師は首を振った。

「ゲートの連続使用は負荷がかかりますな。しかも、この人数です。少なくとも半日近くは間を空けなくてはいけません」

「そうか……あちらのゲートと同じ性質だとするとそうなるか……」

アグワンが困った顔になる。

半日というのが正確に何時間のことかわからないけれど、少なくとも、明日の午前中にはなる。

だったら……

「僕のアパートに、来ますか」

僕は思わず言っていた。

「全員が邪魔しても大丈夫か」

アグワンの問いに、僕は鳥たちを見回す。

「たぶん、なんとか。ただ、ペット禁止のアパートなので、静かにしていてもらわないといけませんけど……」

「それは大丈夫だ、石のように静かにさせる。音を立てた者は帰ってから厳しく罰する」

そこまでしなくてもいいんだけど。

とにかく、電車に乗るわけにはいかないので、場所がわかっているアグワンにみんなを先導してもらい、僕は電車で帰ることになった。


「アクツユキ、皆の者に水を貰えるか」

アグワンがひそひそ声で言い、僕は床にぎっしりいる鳥たちを踏まないように、浴室に向かった。

バスタブに水を溜《た》める。

「飲みたい人は、どうぞ順番に浴室に」

そう言うと、鳥たちは押し合いへし合い、浴室に入っては戻ってくる。

狭い。

さすがに僕のアパートに、大小合わせて五十羽もの鳥がいると、狭いなんてもんじゃない。

机の上も、テーブルの上も、冷蔵庫やカーテンレールの上まで、びっしりだ。

それでもそんな中で、身分差のせいか、なんとなく小さい鳥を中心に、部屋の隅に行くにつれてだんだん大きい鳥になっているような気がする。

ふくろうの老師は、僕の部屋にある三角のものをあれこれ眺めて感心している。

「これほどまでに聖なるかたちに溢れている場所が神殿でないとは信じられぬ！」

「そちらの国では、建物なんかも三角のものが基本なんですか？」

僕は興味を持って尋ねた。

何もかも三角だとしたら、一度見てみたい。

僕にとってはちょっとしたテーマパークみたいに思えるはずだ。

けれど老師は首を振った。

「聖なるかたちは乱用するものではありませんでな。神殿や城の調度などは聖なるかたちが基本じゃが、神殿の外では、たとえば身分や地位によって身につけたりすることに差があるという感じですかな」

「この世界では、そういうかたちはないのか」

アグワンが興味深そうに尋ねる。

「そうですねえ……少なくともこの国では、特定のかたちに対する信仰のようなものはないですね。過去の文明には、三という数が意味を持つ文明もありましたけど……」

僕は昔調べた、「三」が特別な意味を持つ文明についての本があるはずの本棚に視線をやったけれど、その前にも鳥がぎっしりいるので取り出すのは諦めた。

「でも、僕は本当に三角が好きなので、いろいろお話をしたいです」

そのとき、アグワンが傍《かたわ》らにいたカナリアのアルカに視線をやり、小声で何か問いかけた。

アルカが「ぴる」と小さく何か答え、アグワンが僕を見る。

「アクツユキ、申し訳ないが、アルカにだけ休める場所を作ってもらえないだろうか。敷物と壁があればいいのだが。それから、食べ物と」

そうだ、アルカはいろいろな目に遭って、相当疲れているに違いない。

もちろんアグワンも、他の鳥たちも空腹に違いないと思うのだけれど、全員分の餌はないし、皆じっと黙って耐えて、アルカにだけは、と思っているようだ。

僕は鳥たちをかき分けつつ、机の引き出しをひとつ開け、中にタオルを敷いた。

アグワンが食べた残りの鳥の餌を入れた容器を、中に置く。

「この中でどうでしょう?」

「どうだ、アルカ」

アルカがこっくりと頷き、僕に優雅なお辞儀をしてから、引き出しの中に入っていく。

僕が一センチくらい残して、引き出しをそっと閉めるのを、アグワンがじっと見つめている。

アグワンにとって、アルカはやっぱり特別で大切な存在なのだと感じる。

鳥たちも、アグワンに対するのと同じような敬意をアルカにも払っているようだ。

やっぱり、恋人とか……もしかして奥さんとか、なんだろうか。

ｔｒｉ世界での姿とこっちの世界での姿は無関係なようだけれど、それでもアルカは、きっとか弱くたおやかで美しい女性なんだろうなあ、という気がする。

いいなあ……。

そう思ってから、僕は自分が「羨《うらや》ましい」と感じているのがアグワンではなくてアルカの方だと気付いて驚いた。

大事にされている、という感じが、なんだか羨ましいんだ。

自分が孤独だということを改めて意識してしまった、という感じだろうか。

僕には家族はなく、恋人もなく……友人も少ない。

割合頻繁に連絡を取っているのは、鳥の餌を持ってきてくれた是永くらいだ。

内気で不器用な僕と違って……セキセイインコでいてさえ、どこか威厳を感じるアグワンは、恋人としても夫としても完璧なんじゃないだろうか。

そんなことを考えていると……

「ぎゃ！」

突然鋭い声が上がって、僕はぎょっとした。

浴室から出てきた一羽のフラミンゴが片足を上げていて、その下にいた鴨ともども、全員の視線を浴びて申し訳なさそうに固まっている。

どうやらフラミンゴが鴨を踏んだらしい。

「気をつけろと言ったはずだ！」

どうやらこの部隊の指揮を執っているらしいエズルが鋭い声で注意をし、

「エズル、静かにするのだ！」

今度はアグワンがエズルをたしなめる。

そのとき、アパートの隣の部屋の住人が、壁を「どん」と叩《たた》く音がした。

僕は慌てて、人差し指を唇に当てる。

何しろ、真夜中だ。

隣の住人はちょっと神経質そうな学生で、そもそもこのアパートが学生向けの安普請、隣に友達が来ていて、大声で笑ったりすれば丸聞こえ。

「アクツユキに迷惑をかけてはいけない、一切声を出すな」

アグワンが小声で厳しく命令し、全員が緊張した面持ちで固まる。

「……アクツユキは、朝まで寝た方がいいのではないのか」

アグワンが僕にそう言うけれど、横になるスペースもないくらいだ。

「一晩くらい寝なくても大丈夫です」

僕も小声で答えつつ、明日はどうやって全員をここから出し、どうやってゲートに連れて行こうかと考えていた。


夜明けとともに、僕は窓を開け、鳥たちを数羽ずつ外に出した。

近所のマンションの屋上を最初の集合地にして、全員がそこに向かって飛んでいく。

そこから、三々五々、ゲートがある塾の建物の近くまで、また飛んでいくことになる。

塾の建物の隣に背の高いビルがあるので、最終的にはそこに集合。

僕は、昨夜の守衛にあってあれこれ尋《き》かれると面倒なので、守衛が交代するはずの時間を見計らって電車で塾に向かう。

アグワンが、アルカが疲れていて長距離は飛べないと気遣うので、アグワンとアルカは僕が紙の箱に入れ、長距離移動が大変そうなベモは昨日のように小脇に抱えて運ぶことになった。

夜明けの東京の街中に、フラミンゴや鷲や色とりどりの熱帯系の鳥が飛んでいくのはなかなかシュールな光景で、誰かに見られたら大騒ぎになりそうな気もする。

けれど幸い人間に捕まることもなかったみたいで。塾のビルの守衛も交代していた。

まだ誰も出勤していない塾に入り、ゲートが置いてある教室の窓を開けると、全員が一列になって窓から入ってきて、教室の机の上に集合した。

ふくろうの老師とアグワンが、ゲートが使用可能な状態になっていることを確認して。

エズルが点呼を取り、誰も欠けていないことを確認する。

「それじゃあ……」

まだ誰かが出勤してくるのには間があるけれど、急いだ方がいいと思い、僕はゲートを守っていた段ボールを取り除いた。

「では、アクツユキどの、失礼いたします」

まずエズルがそう言ってぴょんと三角の中に入ると、たちまち光が迸ってエズルの姿が消えた。他の鳥たちが次々に続く。

「アクツユキどの、世話になったの。互いの世界のことを、もう少し語り合ってみたかったものじゃ」

ふくろうの老師がそう言って入っていく。

そして、アルカがぺこりと頭を下げて老師に続き……

アグワンが最後に残った。

「……世話になったな」

アグワンが僕を見上げる。

これでお別れなんだ、と思うと……僕はなんだか急に寂しくなった。

アグワンが現れて、たった二晩。

けれど、なんて濃い時間だっただろう。

刺激的で……平凡な日常の中に驚くような変化ができて。

小さな身体で偉そうに胸を張って、命令口調で喋るインコと出会ったときには、まさかこんなに別れが寂しくなるなんて思いもしなかった。

僕がうまく摑めていなかった生徒との距離を、ほんのわずかだけれど縮めてくれたのはアグワンだ。

アグワンのおかげで僕は、自分の生活を変えて行けそうな気がしている。

それと同時に、僕自身も、僕は「誰かの役に立てている」と感じることができていた。

自分の存在になんとなく意味を見失っていた僕にとって、それは本当に大きな出来事だったんだ。

そのアグワンが、向こうの世界に帰ってしまう。

「また、会えるでしょうか」

僕が尋ねると、アグワンは少し躊躇った。

「……難しいのではないか」

それは、もう二度と会えないということ？

予想していたかもしれない言葉だったけれど、僕の胸がずきりと痛んだ。

「このゲートを置いておいてもだめなんですか？」

「このゲートが恒久的なものならば、もしかしたら。だがお前の作ったこのゲートは、恒久的なものではないように見える。少しでも崩れたり、移動したりしたら、接続は切れるだろう」

そうなのか……。

確かに、この固定していない、文房具と割引券でできている三角をこのままここに固定しておくなんて不可能だ。

せめてこのゲートができたのが僕のアパートだったら、少しは何か方法を考えられたかもしれないけれど、塾の教室じゃあ……。

どうしようもないことなんだ。

偉そうに胸を張ったインコの姿も、これきりもう見られなくなってしまうんだ。

するとアグワンがふっと笑ったように見えた。

僕をじっと見上げているつぶらな黒い瞳が、まるで人間の目のように、わずかに細められたみたいな。

「私と別れるのが寂しいか」

はっとするほど優しい口調で、アグワンが尋ねる。

威厳のある命令口調だけでなく、こんなふうにも喋れるインコ、というか……人なんだ。

僕はまだアグワンのことを全然知らなくて、人間としてのこの人のことをもっとよく知りたかった、という気がする。

それでも、「別れが寂しい」なんていう言葉を、相手が人間の姿だったら素直に肯定するのはなんだか気恥ずかしくてできなかったかもしれないけれど。

「ええと……ええ、寂しいです」

小さなセキセイインコの姿だと、すんなりそんな言葉が口から出てくる。

「ならば……」

アグワンが言いかけたとき、廊下を誰かの足音が近付いてきたような気がした。

教務の村上さんだったら、アグワンを見てまた何か言われてしまうかも。

「行ってください！」

僕はとっさにアグワンを両手で掬《すく》うようにして、ゲートの中に押し込んだ。


その、瞬間。

僕の両手ごと、ぐいっと引っ張られる感じがして。

まずい、と思ったときには、僕の身体は黄金の光に包まれていた。

2. di ジ

ぼすっ、と僕は、何か柔らかいものの上に倒れ込んだ。

細かい刺繍《ししゅう》が施され、詰め物がされた布団のようなマットのようなもの。

一瞬何がどうなったのかわからず、ようやく顔を上げると――

そこは、ほの暗い建物の中だった。

複雑に組み合わされた柱、高い天井。

壁全体が厳かな鈍色の光を放っている。

そして僕を取り囲む、大勢の人々。

驚きの表情を浮かべている老若男女は、みな、見たことのないような裾《すそ》の長い、刺繍の施された厚手の服を着ている。

ここは……ここは、まさか。

きょろきょろとあたりを見回すと。

背の高い、一人の男が僕に手を差し出していた。

「大丈夫か、アクツユキ」

差し出された手は、指が長い、男らしい大きな手。

僕が反射的にその手に自分の手を乗せると、ぎゅっと握られ、そのままぐいと引っ張られて、僕は軽々と立ち上がっていた。

手の主の顔が、間近で僕を見つめている。

僕はぽかんと、僕より頭一つ分以上背が高い、その男の人に見とれた。

長いつややかな黒髪は真ん中で分けられ、銀色の細い輪が額にはめられている。

輪の中央には、青く光る、下向きの小さな三角形の飾りがついている。

そしてその下には、高い鼻筋と秀でた額。

瞳は淡い灰色で、どこか面白がるような瞳を浮かべ、わずかに酷薄そうな薄い唇は、傲岸《ごうがん》にも見える自信ありげな笑みを浮かべている。

僕の手を握ったままの、節《ふし》がしっかりした手の中指にはめられた碧《あお》の石の指輪が、手の甲を通る細い鎖で銀色の腕輪と繋がっている。

着ているものは裾が長い、袖や襟《えり》に刺繍の施された濃い灰色の前合わせの服。

背の高さや肩幅の広さ、胸板の厚さを覆いつつも際立たせているその長い上着の上から、銀色の刺繍が施された幅広の黒い帯が締められている。

「敷物があるので怪我はしなかったと思うが、心構えがないと衝撃があるからな」

低く響く、よく通る声。

瞳に浮かんでいるのと同じような、面白がるような雰囲気がその声音にもあって。

その口調には、思い切り聞き覚えがあるというか。

ええと。

まさかと思うけど……この、男らしく彫りの深い顔立ちは……

「アグワン……？」

そうだ、前にゲートの消えるときに、ちらりと見えた横顔と、同じだ……！

「そうだ。これがこの私、アグワンの本当の姿だ。ゲートを通っても、お前がこちら側で鳥にならずにすんでよかった」

アグワンはにやりと片頬に笑みを浮かべた。

「ようこそ、我が□☆×世界へ」

こちらに来てもやっぱり□☆×が聞き取れないけど……つまり。

僕は、アグワンと一緒にゲートを通って、ｔｒｉ世界に来てしまったんだ……！

「大変！　戻らないと！」

慌てて振り向くと、そこには人が通れる大きさの、灰色に光る不思議な材質で作られた、美しいかたちの……僕がうっかり文房具と割引券で作ってしまった三角と同じかたちのものが、立っていた。

三角形のそれぞれの辺をかたち作る直線の棒は、両端をそれぞれ別な棒に支えられていて、どうやら長さや角度を変えられるらしい。

「これが……こちらのゲートなんですね……？」

tri世界側のゲート。

ゲートの向こう側は、石造りの壁がそのまま見えている。

「そうだが、今は無理だ。半日経たなければゲートは使えない」

アグワンが穏やかに言った。

「せっかく来たのだ、こちらで少しゆっくりしていくといい」

「でも……」

ゆっくりしていけと言われても、その後、本当に帰れるんだろうか……？

僕がいない間に、向こうのゲートが教務の村上さんや生徒たちに崩されてしまったりしたら……？

僕は自分の世界に帰れなくなってしまう！

「それほど心配されることはないと思いますぞ」

傍らから声をかけてくれたのは、真っ白な髪に同じく真っ白な長い髭《ひげ》を生やした、痩《や》せた老人だった。

どうしてか僕には、それがふくろうの老師だとわかった。

「アクツユキどのが作られたゲート側と、我が神殿のゲート側では、時間の流れが異なる。何日かこちらにおられても、向こうでは一時間にもなりますまい」

それは、向こう側にいるときにも言っていた。

こちらで半日経っていたのに、僕にとってはほんの二分くらいの時間だった。

「それなら……いいんですけど……」

今日の授業に間に合うように帰れるなら……。

「諦めろ、どちらにしてもゲートは半日使えないのだ」

アグワンが面白がるように言って、それから僕の手を取ったまま、居並ぶ人々に向き直った。

「これなるアクツユキは、アルカを取り戻すのに手を貸してくれた、この世界の恩人だ。皆で心を尽くしてもてなすように」

「は」

居並ぶ人々が一斉に、人差し指と親指で三角を作るようにして両手を胸の前で合わせ、片足を後ろに引いて腰を折る。

三角形が特別な意味を持つ世界ならではだ……！

「え、いえ、あの……お役に立ててよかったです」

僕は思わずどぎまぎしてしまい、ようやくそう言った。

じわじわと、ここには「聖なるかたち」が溢れているんだということを実感する。

ふくろうの老師は、聖なるかたちは乱用するものではないと言っていたけれど、ここは神殿だからだろう、これでもかと三角が溢れている。

まず、部屋のかたちそのものが巨大な正三角形だ。

天井を見上げると、正三角形の中に、小さな三角形が連なった幾何学模様が描かれている。

壁の石組みはすべて、さまざまなかたちの三角形が複雑に組み合わされたものだ。

なんて美しいんだろう。

ひとつとして同じ三角形はないようで、それなのにすべての辺と辺がぴっちりと隙間《すきま》なく接している。

どうしよう、この壁を隅から隅まで眺めるだけで、何日でも過ごせそうだ。

燭台《しょくだい》を収めた壁のくぼみや、高い位置にある明かり取りの窓も三角。

部屋の一番奥まった場所にある、一段高くなった祭壇のようなところには、金色に輝く三角形の物体が掲げられていて、それがまた僕の大好きな、正三角形から微妙に角度を崩したかたち。

なんて美しい、なんて素晴らしい場所なんだろう。

「ここは、なんて素晴らしい世界なんでしょうか……！」

思わずそう言うと、

「それは嬉しい言葉だが、神殿はわが世界の一部に過ぎぬ」

アグワンは軽く笑った。

「まずは、ここを出よう。神殿ではもてなすこともできぬからな」

アグワンがそう促すと、居並ぶ人々が腰を折ったまま道を空け、僕は外へと導かれる。

ただその……ええと、アグワンは僕の片手をずっと取ったままなのが気になるんだけど……。

節のしっかりした、指の長い大きな手は、僕の男としては小さめの手をすっぽりと握り込んでしまっていて、なんだか気恥ずかしいというか、落ち着かない。

でも、この世界では客人に対してこういう態度が普通なのかもしれないし……。

神殿の出口はやはり巨大な二等辺三角形で、そこをくぐって外に出ると、出口の脇にいた一人の男がゆっくり腰を折った。

灰色の髪で灰色の服を着た、なんだかのっそりとした雰囲気の、けれど目つきは鋭い男。

柄に飾りのついた、長い木の棒を持っている。

なんだか知っている人という感じが……


「ベモ!?」

思わず声を上げると、男は表情を変えず、無言で頷く。

向こうではハシビロコウだったベモ。

そういえば神殿の門番と言っていたっけ。

こっちに戻るやいなや、ちゃんとこうして持ち場についているんだ。

「ベモも、あちらではアクツユキに世話になった一人だな」

アグワンはそう言ってベモに頷き、また僕を先へと促した。

神殿を出るとそこはさらに天井の高い大きな建物の中で、僕は思わずその光景に見とれた。

彫刻を施した白い柱に支えられた、三角錐型の天井。

窓はなく、床も壁も、厚手の絨毯《じゅうたん》や壁掛けに覆われていて、そのすべてに細かい凝《こ》った刺繍で、幾何学模様が描かれている。

壁龕《へきがん》には三角形をモチーフにしたさまざまな彫刻が飾られている。

すごい。なんて素敵なんだろう。

この世界の人々は、三角形を崇《あが》めると同時に、その美しさを堪能しているという気がする。

先端恐怖症の人には恐怖の世界かもしれないけれど、僕にとっては天国のようだ。

そしてただ「三角の世界」というだけではなくて、どことなく馴染《なじ》みのある、懐かしさを覚える雰囲気もある。

アグワンたちの服装もそうだけれど……なんとなく、そう、中東から中央アジア風、というか。

あまりそういう方面に詳しくはないけれど、僕の世界の一部と、ちゃんと共通点があるという、そんな感じがする。

「こちらだ。ゲートが復活するまで寛《くつろ》いでくれ」

通路を何度か折れ曲がり辿り着いたのは、開け放たれた広い窓のある部屋だった。

窓の外はテラスになっていて、その向こうは中庭だろうか、植物が茂り、噴水のある大きな池が中央にある。

空は青く、日差しは柔らかで暖かい。

部屋そのものは四角く、厚い絨毯が敷かれ、さまざまなかたちのクッションが壁際に置かれている。

「座るがいい」

アグワンはそう言ってようやく僕の手を離し、僕は三角形の大きな固いクッションを背にして床に座った。

クッションや絨毯の刺繍もみんな、三角形を多用した幾何学模様で、思わず見とれてしまう。

そしてどれもこれも、手の込んだ、上質なものだというのもよくわかる。

仕事用の安物のスーツ姿で自分がここにいることが、場違いなんてものじゃない。

「どうだ、我が世界は」

僕の傍らにあぐらをかいて座ったアグワンが、片

頬に笑みを浮かべ、得意げに尋ねた。

その雰囲気が、あの偉そうに胸を張ったセキセイの姿をどことなく思い出させる。

わかってはいたけれど、やっぱりこの美丈夫は、あのアグワンなんだ。

「素敵です、三角がたくさんあって落ち着きますし……それだけじゃなくてすごく、なんでしょう、オリエンタルというか、エキゾチックというか」

オリエンタルだのエキゾチックだのという言葉を口に出してから、僕はその意味がわかるだろうかとアグワンの顔を見たら、ちゃんと通じているようだった。

「お前の世界は究極に機能的だった。そういう世界から見れば、そう見えるかもしれないな」

「あの」

僕はふと、疑問を抱いた。

「僕とアグワンは、今、同じ言葉を喋っているんでしょうか?」

僕の世界で、ゲートから出てきたアグワンたちは日本語を喋っているように思えたけれど、アグワンは自分の言葉を話していると言っていた。

「私には、お前が我が世界の言葉を話しているように聞こえる」

やはりアグワンはそう言う。

よくわからないけど、ゲートのあっちとこっちでは、何か自動翻訳のような機能が働くのかもしれない。

「でも、アルカさんとは、僕は会話できませんでしたよね……?」

「アルカがそちらの世界に行ったとき、出たゲートが違ったからかもしれないと老師は言っていたな。そのあたりは、研究の余地があることだ」

アグワンが言ったところへ、部屋に数人の人々が静かに入ってきた。

先頭は髭を生やし、腰に締めた帯の真ん中に縦に短剣を突き刺した、がっしりとした男。

年はアグワンと変わらないくらいだろうか。

僕の前に膝を突き、親指と人差し指で胸の前に三角を作って、頭を下げる。

「お飲み物などをお持ちいたしました」

なんとなく、知っている相手のような……ええと、もしかして。

「エズル、さん？」

ピンク色の中型インコだった面影があるわけではないけれど、どうしてかそう感じる。

「は、近衛隊長のエズルでございます、どうぞ呼び捨てに、尊き五文字名のお客人」

エズルは嬉しそうにそう答える。

同時に、エズルに付き従ってきた少年たちが、僕とアグワンが座っている前に、銀の盆を並べていく。

果物や、何か揚げ菓子のようなものが盛られた皿。お茶が入っているらしいポット。

ガラスの華奢《きゃしゃ》なカップ。

みな機能的で美しいかたちだけれど三角ではなく、それを載せた盆だけが、角を取った正三角形だ。

乱用するものではないという三角形は、何かの法則のもとに使われているんだろう。

「これらの者が、ご滞在の間お世話いたします」

エズルが言うと、一番年上らしい……といってもせいぜい十二、三歳くらいの少年が、頭を下げる。

「なんなりとお申しつけください、尊き五文字名のお方」

「あの！」

僕は、少年たちまでもが僕をそう呼ぶのを聞いて、何より先に誤解を解かなくちゃと思った。

「違うんです！」

「違うとは、何が」

アグワンが訝しげに僕を見る。

「僕の名前です。『あ』がつく五文字の名前というのが、こちらの世界ではとても重要な意味を持つようなんですけど、僕の名前は阿久津結季で、アクツというのは名字……家の名前で、僕個人の名前はユウキなんです」

僕は一気に説明した。

僕がアクツユキという尊い名前だと思って、人々がそういう待遇で接してくれるとしたら、あまりにも申し訳ない。

アグワンは無言で……僕を見つめ、ゆっくりと瞬きする。

まさか、名前が聖なる五文字名じゃなかったことで、こういうもてなしにふさわしくないと思われて……もっと粗末な場所に連れて行かれるかも？

まあそれならそれで……と、一瞬思ったら。

アグワンの顔が、ふいに笑顔になった。

目と頬に笑い皺《しわ》ができて、男らしさはそのままに、親しげで優しい顔つきになる。

「それは失礼した」

僕を見つめながら、アグワンはそう言った。

「アクツは氏族の呼び名なのだな。そしてお前はユーキ。氏族の名が先に来るのか。思い込みで異なる名前で呼んでしまい、失礼した」

そう言って、エズルや少年たちの方を向く。

「客人は、異なる世界の名前をお持ちだ。ユーキさまとお呼びするがよい」

エズルたちは、恭《うやうや》しさは変わらないまま、また頭を下げる。

「あの、いいんですか……？」

僕は思わず尋ねた。

「何がだ」

「聖なる文字がつかない僕が、こんなふうにもてなしてもらって」

アグワンが、驚いたように眉を上げる。

「名前が違えば、扱いが変わるかもしれないと……そう思っていたのに本当のことを言ったのか。そのまま黙っていたって、誰にもわからなかっただろうに」

「いえ、そんなわけには」

「そういうところが……お前のよさなのだな」

アグワンがまたふっと微笑んだ。

その笑みの、大人の男でありながらどこか悪戯《いたずら》っぽく、同時に艶っぽさもある雰囲気に、思わずどきっとする。

これは、セキセイの姿だったときにはわからなかった彼の顔だ。

「嘘《うそ》がつけない、表裏がない……どの世界においても、それは貴重な資質で、お前の魅力だ」

魅力だなんて言われてしまうと、どうしていいのか。

僕は、塾の教室でアグワンが言ってくれた言葉を思い出した。

僕のことを、よい師だ、と。弟子の心を見ている、それは師として最も重要な資質だ、ただお前に必要なのは……自信を持つことだ、と。

セキセイインコ姿のアグワンが言ってくれたときには、ただただ嬉しかった。

けれどあの言葉が、この、精悍で男らしく自信に満ちた摂政王子の口から出たのだと改めて思うと、何か重みを持って感じられる気がする。

そして、この人にそんなふうに言ってもらうと、本当に自分に自信が持てそうな、不思議な感じ。

彼が自分の言葉そのものに自信を持っているからなのかもしれない。

アグワンはふと真顔になって、僕の顔をじっと見つめた。

「名前がどうあろうと、お前はアルカの恩人なのだ。それは変わらない」

そうだ、アルカ。

アグワンにとっての大切な存在。

まだこの世界で姿を見ていないけれど……どんな人なんだろう。

さぞかし美しい、アグワンの隣にいるのがふさわしい人に違いない、と思ったとき。

「その通りです」

ふいに聞き覚えのない誰かの声がして、一人の人物が、部屋に入ってきた。

僕よりも少し低いくらいの背丈で華奢な身体つき、アグワンの黒髪より少し茶色がかった髪を後ろでひとつに縛り、アグワンと同じ淡い灰色の目をして、桜色の服を着た——少年!?

足下が少しふらついていて、両側を二人の男に支えられている。

それでもはにかんだ笑みを浮かべ僕の前まで来ると、

「よかった、ようやくこうして直接お礼が言えます」

そう言って僕の前に膝を突くと、胸の前で親指と人差し指の三角を作った。

「本当にありがとうございました、アクツユキどの」

「アルカ、アクツユキという名前は私の誤解だったのだ。ユーキというのが本当の名だ」

傍らからアグワンが穏やかに言う。

アルカ。

まさかと思ったけど、やっぱりこの少年は……アルカ!?

「男の子だったんですか!?」

思わず僕が言うと、アグワンとアルカは顔を見合わせ——

アグワンがくっと笑った。

「もちろんだ。私のただ一人の同母の弟で、神殿の第一神官だ。アルカを女だと思っていたのか?」

弟……!

「いえあの、だって、アグワンの大切な存在だと……だから、恋人とか奥さんとか……かと思って。それにあんなにきれいなカナリアの姿だったし」

いや、鳥の姿とｔｒｉ世界での容姿は無関係みたいだけど。

何しろこの黒髪の偉丈夫であるアグワンが、ブルーグリーンで黄色い顔のセキセイインコだったんだから。

こうして見るアルカは、美しいというよりは好感の持てる、少年らしい可愛らしい顔だち。

そうか、弟だったのか。

王族で、第一神官とかいう高そうな身分だから、もちろん皆が心配したんだろうけれど、それがこんな可愛い弟ならば、その子がたった一人で異世界に行ってしまったのなら、アグワンの心配は格別だっただろう。

「私にそのような者はいないぞ」

そのアグワンは、僕の言葉に対して心外そうに眉を寄せた。

「お前は、アルカが私の妻や恋人かと思って、協力してくれたのか?」

ええと……なんというか、そのどことなく不機嫌な口調はどうして?

「もちろん、弟さんだったと知っていても、同じように協力させてもらいましたけど……」

おそるおそる答えると、アグワンはふっと意味ありげな笑みを見せる。

「それならいい」

それからアルカを見る。

「身体はどうだ。ユーキにどうしても挨拶をしたかった気持ちはわかるが、まだ顔色がよくない。食事はしたのか。とにかく下がって休むことだ」

優しい声音ではあるけれど、どことなくぶっきらぼうな口調は、年の離れた兄が、少しばかり不器用に弟をいたわっている、という感じだ。

そして確かに、アルカの顔色は、青白い。

「あちらでユーキどのにあの身体に合った食事をいただいたおかげで、空腹は感じておりませんが……でもお言葉に甘えて、休ませていただきます。ユーキどの、本当にありがとうございました」

「うむ、あの食事は確かに……見た目はそっけないが、身体にいい穀物ばかりだったのだな。その気がなくてもつい食べてしまうような、不思議なものだった」

アグワンも頷く。

是永が持ってきてくれた鳥の餌……。

確かにアグワンも、なんだかんだ文句を言いつつ、食べ始めたら止まらないという感じだったっけ。

セキセイ姿のアグワンががつがつと餌を食べていた様子を思い出すと、なんだか笑えてしまうけれど、目の前にいる身分の高い二人の兄弟に、あんなものを食べさせてしまったのだと思うと申し訳ないような気にもなる。

「さ、とにかく、お前は部屋で休むがよい」

「そうしてください」

僕も傍らからそう言った。アルカは向こうでの疲れが相当あるように見えるのに、わざわざお礼を言いに来てくれたなんて、申し訳ない。

「他の者も、下がってよい」

アグワンが軽く片手を振ると、アルカはまた両側を支えられて怠《だる》そうに部屋を出て行き、エズル、そして少年たちも頭を下げてアルカに続く。

足音が遠ざかると、部屋は静かになり……気がつくと僕とアグワンは、二人きりで向かい合っていた。

「……ユーキ」

アグワンが、改めて僕をじっと見つめた。

な、なんだろう、こんなふうに誰かと視線を合わせて見つめられるなんてことは日常の中ではあまりなくて、どぎまぎしてしまう。

目を逸《そ》らしたら悪いような気もするし、けれどただ見つめ返していると落ち着かなくて気まずい気もするし。

アグワンの灰色の瞳が、僕の目を通して心の中まで直接覗き込んでくるようだ。

「あの……」

おそるおそる声を出すと、アグワンはふいににっと笑った。

「まあ、茶を飲め。この世界の食べ物も味わってみろ」

そう言って、僕の目の前にあった盆の上の、美しいかたちの陶器のポットを取り上げ、ガラスの小さなカップに注いでくれる。

「摂政王子自ら茶を注ぐなど、そうあることではないのだぞ。だがお前は、私に向こうの世界の食べ物をくれた特別な人間だからな」

面白がるような笑みを浮かべながら、彼はそんなことを言う。

「ありがとうございます」

僕は素直にそう言って、お茶をひとくち飲んだ。

紅茶のような中国茶のような、けれど何か不思議な風味の混じった、赤っぽいお茶。

ほんのり甘みがあって、とてもおいしい。

勧められて揚げ菓子を手にしてみると、これもちょっと変わったバター風味という感じで、塩気と甘さがいい感じにバランスを取っている絶妙なおいしさ。

「どうだ」

「おいしいです!」

思わず本気で言うと、アグワンは頷いた。

「この世界の食べ物は口に合うのだな。おそらく、服も似合うだろう。そうだな……」

僕をじっと見つめながら、何かイメージしている様子で。

「真珠色の長上着に錦《にしき》の帯がいいな。額にはシンプルな銀の輪が、お前の優しげな顔立ちには似合う」

頷きながらそう言った。

「そう、でしょうか……」

優しげな顔立ち、なんて正面切って言われてしまうと気恥ずかしいけれど。

この世界の服は着心地がよさそうで、着てみたいという気はする。

ゆったりとした前合わせの長い上着は肩にも袖にもゆとりがあって、その下に穿《は》いているズボンも、裾で軽く絞られているけれど余裕があり、柔らかくて穿き心地がよさそうだ。

でもアグワンが着ているものは、特別上質な生地が使われているのかもしれない。

「服装には、身分によって何か違いがあったりするんですか？　かたちとか材質とか……一般庶民はどんな服を着ているんですか？」

　僕は尋ねた。

　僕は身分としては間違いなく庶民だから、そちらにも興味がある。

「服のかたちはそう変わらないな」

　アグワンは自分のカップにも自分でお茶を注ぎながら答えた。

「農民や牧民は、動きやすいように上着を帯でたくし上げて短く着ているが、祭りの際などは長く着る」

「男女の差はあるんですか？」

「女は、下に穿くものが違う。二つに分かれておらず、上着の丈よりも少し長いことが多いようだが、時々流行《はや》りがあるようで、それは私にはよくわからぬ」

　つまり、長い上着の下はさらに長いスカート、ということなんだろう。

「そういえば、神殿には女の人もいましたね」

　服装の細かいところまで見ている余裕がなかった。

「あの場にいたのは、巫女《みこ》たちだ」

「巫女がいて、神官がいるんですね。神殿というのはあの、お城の中にだけあるものなんですか？　他の場所にもあるんですか？」

　お寺や神社や教会を思い浮かべながら尋ねると、アグワンは苦笑した。

「神殿は一カ所に決まっている」

　そうなんだ。

「いろいろと、興味がありそうだな」

　アグワンが感心したように僕を見つめる。

「お前は知識欲が実に旺盛《おうせい》と見える。子どもたちを導く師だけのことはある」

「いえ、そんな……知識欲は普通だと思うんですけど」

　何しろ異世界に来たんだから、どんなところなのか知りたいのは誰だって同じだと思う。

「服装とか……建物とか、いろいろ知りたい気がします。あとは特に、三角がどういうふうに使われているかとか……文化の中で、三がどういう意味合いを持っているか、とか」

他にも、気候とか、地形とか、歴史とか、知りたいことは山ほどある。

「さっき、農民とか牧民とか言っていましたけど、産業はそういうものが主なんですか？」

「そうだな。民の八割は農民と牧民、市場には商人もいる。それから輸送用の馬飼いや、馬具職人、彫金師……詳しい者を呼ぶか？」

アグワンが誰かを呼ぶために立ち上がろうとしたので、僕は慌てて止めた。

「いえ、そこまでは。すみません、僕、あなたを質問攻めにしていますよね」

ゲートが使えるようになるまでの間、寛いでほしいというのがアグワンの申し出だったのに。

あまりいろいろな人に面倒をかけるわけにはいかない。

「いや、私にわかることならなんでも答えてやるつもりだが」

アグワンはそう言ってから……

座り直してあぐらをかいた膝の上に自分の片肘《かたひじ》を突くようにして、少し身を乗り出した。

「知りたいのはこの世界のことだけか？　私のことは？」

「え……それは」

意味ありげな、何か含みのある言葉のように感じるのは……気のせい？

アグワンの摂政王子という地位がこの世界でどういう意味を持っているのかとか、王子であるからには王が最高位なんだろうけれど、その王はどういう人なんだろうとか、身分制度はどんななのかとか……

そういうことも知りたいけれど、アグワンの言っているのはなんだかそういう意味じゃないような気がする。

もちろん僕自身、そういう表面的なこと以外でも、アグワンについて知りたくないかと言われれば、知りたいと思うわけで。

信じられないような出会い方をした人だし、セキセインコの姿でいてさえ威厳があって、人間の姿になるとその威厳が似つかわしい容姿で、ちょっと傲岸に見えるけれど気遣いができる雰囲気とかが人間として魅力的であるのは確かで。

でもたとえば、友人になりたい、なんて思うのは、自分の世界では本当に取り柄のない、さえない塾講師である僕がそんなことを思うだけでもおこがましい気がする。

それでも、単純に「知りたい」ということなら。

「もっと深く知り合いたい、ということなら……それはもちろんです」

僕がそう言うと、アグワンが我が意を得たというように、にっと笑った。

「では、ここにいればよい」

「え!?」

「お前にその気があるならば、このままこの世界に客人として留《とど》まるがいい、大歓迎だ。この世界のことをゆっくり知ることもできるし、私とも深く知り合うことができるだろう。私もお前をとことん知りたいと思っているのだから」

ええ!?

このまま、ここに……この、ｔｒｉ世界に!?

——一瞬。

それがおそろしく魅力的な申し出だと思った自分に、僕は驚いた。

この、アグワンという人が……ここに「いろ」と言ってくれる。

僕をとことん知りたいという彼の言葉は、異世界の人間に対する好奇心なのかもしれないけど……どうしてかその言葉が、僕の心にずしんと落ちたような気がした。

互いにもっと知り合うために……ここに留まる。

この世界に居場所を与えてくれる。

考えてみれば僕には自分の世界には家族もないし、仕事だってもともと望んでいた仕事ではなく、塾は僕がいなくなったって代わりをすぐに見つけられるだろう。

だとしたら……？

「どうだ？」

アグワンが意味ありげな笑みを深くする。

それは、僕が頷きさえすれば僕を丸ごと受け入れてくれるとでも言っているような笑みで。

僕は危うく頷きかけ……

はっと我に返った。

この世界に留まるということは、自分の世界を捨てるということだ。

ゲートがあれば行き来できるけれど、何しろ向こうで僕が作ったゲートは文房具と割引券。

あれがなくなったら、ゲートは失われる。

僕が姿を消せば、塾の教務の村上さんあたりが、さっさとゴミとして片付けてしまうだろう。

そうしたら、また向こうに通じるゲートができるかどうかの保証はない。

そんな状態で……今、自分の世界を完全に捨てる決意なんて、できるものだろうか。

いくら「居場所がない」と感じているからといって、一人の人間がいきなり失踪したら、あちこちに影響がないはずがない。

アパートをそのままにしていなくなるわけにはもちろんいかないし。

そして何よりも、仕事だ。

確かに僕はいい講師ではないかもしれない。教えるのが下手で、生徒の心を掴むこともできず、塾側からも評価されず……

それでも、今いきなり消えてなくなったら、僕が受け持っているクラスの子たちはどうなる？　ようやく、どの子がどういう問題を抱えているのかがわかりはじめたところだ。

算数が嫌いで苦手な子たちに、どうやって算数を好きになってもらうか、僕なりに手探りしながら、ようやく方向が見えてきた気がしているところだ。

今いきなり講師が変わってしまったら、あの子たちはまた一から、「どうしてできないのか」を新しい先生に理解してもらわなくてはいけないところからやり直すはめになる。

僕は……あの子たちに対する責任がある。

やるだけやった結果、あの子たちが僕という講師を「合わない」と結論づけて他の講師のクラスに移りたいと言うのなら、それは仕方ない。

でも、僕の方から投げ出す、なんて。

だめだ、そんなの。

今このままtr:i世界に留まったら、それはただの逃げだ。

「……お申し出は魅力的ですけど……」

僕は、アグワンの目を真っ直ぐに見て言った。

「僕は、僕の世界でやらなくてはいけないことがあります。このまま、戻らないというわけにはいきません」

アグワンは気を悪くするだろうか、と思ったけれど。

彼は僕をじっと見つめ返し……そして、静かに尋ねた。

「お前の弟子たちのことか」

僕は頷いた。

アグワンにはそれがわかるんだ。

「あの子たちを放り出すわけにはいきません」

「そうか」

アグワンは自分の手元に視線を落とし……それからまた、顔を上げる。

「では、今回は諦めよう」

そう言って……自信ありげに微笑む。

「お前とは、えにしがあるのだ。私はそう感じる。だったら、今回のゲートが消えても、次の機会が必ずあるだろう」

えにしがある。

どうして彼がそう言い切れるのかわからないけれど……僕もそれを聞いた瞬間、そうであってほしいと思った。

僕がゲートを通って向こうに帰り……そのまま二度と会えないなんて、それはいやだ。

でも、彼が自信を持って「次の機会がある」と言うのなら、その言葉を信じられるという気がする。

アグワンは、不思議な人だ。

僕にはない「自信」というものを、ごくごく自然に生まれつき兼ね備えているようで……そしてもしかしたら、僕にもその「自信」を分けてくれる、みたいな気がする。

それでも……僕の世界に来たら、この人はあの小さくふんぞり返ったセキセイインコなんだよなあ、と思うと、自然と口元が綻《ほころ》んだ。


アグワンと話しているとやがて老師がやってきて、ゲートが回復するまで、僕たちは互いの世界についてあれこれ話をした。

老師がこの世界の地図を見せてくれ、大陸の配置などを見ると、やはりここは地球ではないことがわかる。

でも、惑星の話を聞くと、太陽系と同じで、やっぱり位置的には地球なんだろうか、と思ったり。

もちろんゲートの話もした。

なんでも、古い古い文献が最近になって神殿の書庫から発見されて、そこにこれまで伝説としてしか知られていなかったゲートについての詳細が記されていたということだ。

ゲートは三角形の神聖なものだから、神殿で神官が作るものとされているけれど、その知識はゲート学者とも言うべき人々が持っていて、アグワンは摂政王子であると同時に、ゲート学者としても優れているらしい。

今回、古い文献をもとにゲートを復活させてみようというのもアグワンのアイディアだったようだ。

ようやく完成したゲートを使った実験について議論しているとき、アルカがふとゲートの端に触れたら、そのまま吸い込まれるように消えてしまった。

そしてそのまま接続が切れてしまい、なんとかもう一度繋がったところにアグワンが飛び込んだら、僕が作った三角に繋がった、というわけだ。

それがどういう偶然なのか必然なのかわからない。

僕がたまたま戯れに作った三角形が、こちらのゲートと大きさが違うだけの相似形だったことが関係しているのだろうとは、意見が一致したけれど。

時間の流れも謎だ。

アルカが最初に通ったゲートと、僕が作ったゲートとでは、双方の世界の時間差が違うらしい。

計算してみたら、アルカがｔｒｉ世界から消えてから、アグワンがゲートをくぐるまでが、こちらの世界では一日ほど、でも僕の世界に、アルカは五日くらいいたらしい。

つまり、ｔｒｉ世界の時間の流れの方が遅かった。

けれど僕の作ったゲートでは逆で、ｔｒｉ世界での半日が、僕の世界ではほんの数分。

文献にある過去のゲートでは、そんな時間の違いはなかったらしい。

そして、ゲートは一度使ったら半日は回復しないらしいけれど、アグワンが一度こちらに戻ってまた僕の世界に来たときには、僕の世界では数分しか経っていないのにゲートは閉じていなかった。

でもその後、僕の世界のゲートは半日近く使えなくなった。

どっちの世界の「半日」が基準となるのかも定まっていない。

つまり……とにかくゲートについては本当にわからないことだらけだし、ゲート自体も不安定なものなんだ。

でもとにかく、僕は戻ったら塾の棚の上にあるゲートを、なんとか保持しようと決心した。

あのままゲートを固定する、スプレータイプの固定材か何かを探してみよう。

その固定材がゲートに影響を与えるかどうかなど、不安要素はあるけれど、やるだけやってみないと。

そんな話をしていると、やがてエズルが、

「ゲートが回復しました」

と知らせに来た。

僕は思わずアグワンと、顔を見合わせた。

あっという間の半日。

「……戻るのだな」

アグワンが僕の意思を確かめるように、そう尋ねた。

理性で決意したはずなのに、感情がぐらりと揺らぎそうになる。

魅力的な、不思議な三角の世界。

わずかな時間で親しくなった人々。

そして……おそらく僕を本気で引き留めてくれた、アグワン。

でも……やっぱり、戻らなくてはいけない。

僕は生徒たちの顔を思い浮かべ、頷いた。

「はい」

「そうか。では行こう」

アグワンが立ち上がり、また僕に手を差し伸べてくれる。

自分で立ち上がれないわけではないし、それがこの世界の流儀なのかアグワンの厚意なのかもわからなくて、どこか気恥ずかしい気もするけれど。

これが最後かもしれないと思い、僕は素直に、彼のその大きな手に自分の手を預けた。

ぎゅっと力強く手が握られ、アグワンはまた、軽々と僕を立ち上がらせてくれる。

「……行こう」

そう言ってまた僕の手を取ったまま、アグワンは促した。

老師とエズルが後に従って、全員で、神殿に戻る。

神殿の入り口ではベモが無言で頭を下げた。

そして神殿の中には、アルカや、神官と思える人たちが十人ほど居並んでいる。

改めて見ても神殿の構造にはありとあらゆる三角形が含まれていて、本当に美しい。

そして、壁や柱全体が鈍色の光を放っている空間の真ん中にあるゲートは……

ぼうっと、輪郭が黄金色に光っていた。

これが、回復したというしるしなんだろうか。

刺繍の全くない無地の服を着た、巫女らしい女性が二人ゲートの両脇にいて、そして正面にはアルカが立っている。

もう顔色もずいぶんよくなっている。

「ユーキどの、お別れの時間です」

僕に向かって歩み寄り、残念そうにアルカが告げた。

「このゲートは今、あなたがお作りになったあちらのゲートと繋がっています。しかし、あちらのゲートが壊れるとか崩れるとかすれば、接続は切れ、今度はいつどこに繋がるのか私たちにもわからないのです」

僕は頷いた。

一度切れたら、次に、どこにどう繋がるのかわからない。

それが日本かどうか、ゲートのあちらとこちらで時間の流れが違うなら、いつのことになるかもわからない。

ここにいる人たちとは、二度と会えないかもしれないんだ。

改めてそれが、実感として胸に迫ってくる。

でも。

やっぱり、僕は戻らなくては。

僕は決心して、アグワンを見上げた。

「お世話になりました。また……また、会えるといいんですけど」

「言っただろう、お前と私にはえにしがあると」

アグワンは自信ありげにそう言って……

いきなり僕の腰に片腕を回してぐいっと抱き寄せると、もう片方の手で僕の顎《あご》を掴んで顔を仰向《あおむ》かせ、唇を重ねてきた！

「……！　っ!?」

ななな、これ、これって、キ、キス……!!

ただ唇を重ねるどころか、強く押しつけたかと思うと、無防備な僕の唇を割って舌が入り込み、僕の舌を搦《から》め捕る。

逃れようとしたけれどアグワンの腕はしっかりと僕の身体を押さえ込み、びくともできない。

どうして。

アグワンが僕に、キスを。

舌の輪郭をなぞられ、舌の付け根が痛くなるほど吸われるとその刺激で唾液が溢れ、上顎をくすぐられると……なんだか……背中がぞくぞくして。

頭の中はパニックになっているのに、なんだか身体の芯《しん》が勝手に熱くなって、膝の力が抜けていって……思わずアグワンの袖にしがみつく。

「ん……んんっ……ふっ」

重なった唇と唇の間から、甘い声が洩《も》れ、それが自分の声だと悟ってぎょっとする。

気がついたら僕はぼうっとしながら、なすがままにアグワンのキスに翻弄《ほんろう》されていて。

ふいに、唇が離れた。

糸を引く唾液の生々しさに、はっと我に返る。

「な——何を……！」

「私を忘れぬように、だ」

にやっと、アグワンが片頬で傲岸に笑う。

その笑みに、なんだか頬がかっと熱くなる。

「こ、こんなことしなくたって、忘れない！」

「それならいい」

そう言って……

アグワンは、僕をぐいっとゲートの方に押しやった。

居並ぶ人々がどう思っただろうとか、老師やアルカにもう一度別れの挨拶を、などと思う間もなく。
僕の身体は強くゲートの中に向かって引っ張られ、
気がついたら身体がまばゆい光に包まれ——

「いた!」

いきなり固いものの上に放り出されて、身体全体に衝撃が走った。

「つ……」

投げ出されたのは床の上だと気付き、なんとか身体を起こすと、そこは塾の教室だった。

誰もいない。

ホワイトボードの上の時計を見ると、午前中の……ゲートからtri世界に行ってから、ほとんど針が動いていない。

僕は、本当にtri世界に行って帰ってきたんだろうか。

短い間に、夢でも見ていたんじゃないだろうか。

けれど……はっと唇に指先を当てる。

あの、なんだかわからない濃厚なキス。

夢とか白昼夢とかじゃなくて……間違いなく、たった今あったことで、まだ口の中にアグワンの唾液の味が生々しく残っているような気がして、耳が熱くなる。

あれはどういう意味なんだろう。

tri世界とこっちの世界で、ああいう……キスみたいな行為が意味することが全然違うということはありうる。

というか、違うのでなくては、わけがわからない。

違うはずだ。

でなくちゃ、男同士であんな、あんな……

なんてことだ。僕にとってはファーストキスだ。

それが、異世界の男の人と、しかもあんな濃厚な……!

彼を忘れないためのおまじないとか、別れの挨拶のようなものだったとしたら、まさにその彼の思惑

通り。

忘れられるはずがないほど強烈で、むしろ思い出すと、ぼうっとしてしまった自分が信じられないくらい恥ずかしくて、忘れてしまいたいくらい。

「……ったく」

僕は、傍らにあった机に摑まりながら立ち上がった。

床に放り出された衝撃であちこち打ち身はありそうだけれど、別にどこか骨が折れているという感じでもない。

ｔｒｉ世界のゲートの前には分厚いマットのようなものが敷かれていたけれど、こっちでもそういう対策は必要かも。

そう思いながら僕はたった今自分が出てきたゲートがある棚の方に目をやり、そこにあの三角形がそのままあることに安心して。

その瞬間。

かたかたかた、と机や椅子が小さな音を立て、ぐらりとめまいがしたような気がした。

地震だ！

足下がよろめきかけて、僕は思わず、傍らの棚に摑まった。

「あ――！」

その瞬間。

棚がわずかに傾いて……三角形を作っていたマーカーとボールペンの端がわずかに離れた！

ゲートが！

揺れは数秒で収まり、僕はとにかくゲートが崩れてしまったことに焦って、慌ててマーカーとボールペンの端をまたくっつける。

けれど。

かたちが違う。微妙に違う。

まずい。どうしよう。

この三角形が崩れたらゲートの接続が切れてしまうとは言っていたけれど、僕はこっちに戻ったら、なるべく早くこのゲートをちゃんと固定しようと考えていたのに。

震える手で、角度を調整する。

でも、違う。

偶然できた三角形は、本当にコンマ０００単位くらいで微妙に角度が異なっていると、もう違う三角形になってしまう。

マーカーの蓋のどの部分と、ボールペンのノック部分のどの部分がどんなふうに接していたのか。それがコンマ一ミリずれただけで、それはもう違う三角形だ。

僕には感覚でその「違い」がわかるのに、どうしても、全く同じように再現できない。

どうしよう……！

どうして僕は、あのゲートの写真を撮るなり、正確な角度を測るなりしておかなかったんだろう。

呆然としていると……

「あら、阿久津先生、こんなに早くから何をしているんですか？」

背後から声が聞こえ、はっと振り向くと、教務の村上さんが怪訝そうな顔で近付いてきて、棚の上の三角形の残骸を見た。

「あ、それ、伺《うかが》おうと思ってたんです。本当に授業に使うものなんですか？　他の授業でこの棚を使いたいときもあるので、授業ごとに片付けてもらえませんか」

ビニールで蓋をした段ボールの壁を指さす。

邪魔だったのはむしろ、ゲートそのものよりもこの囲いだったのだろう。

もうこの囲いは必要ない。

あってもどうしようもない。

「……片付けます」

僕はようやくそう言って……唇を噛むと、もうただの物体になってしまったマーカーとボールペンを取り上げて握り締めた。

家に帰ってみると、部屋はなんだか妙にがらんとしていた。

昨夜、あれほどぎゅうぎゅうに鳥たちがひしめいていたのが嘘のようだ。

狭いアパートの部屋が、なんだかおそろしく広く感じる。

でも、あれが夢でなかった証拠に、バスタブには浅く水が張ってあり、机の引き出しのひとつにはタオルが敷かれ、小さな容器に入った鳥の餌がある。

でも、それだけ。

フンの気配もないのは、あれが本物の鳥たちではなかったからだろうか。

そして、羽根の一枚すら落ちていないのも。

僕は、机の上のスタンドを見た。

最初の夜、小さなアグワンがここでふんぞり返っていたのだ。

よく見ると、うっすら積もった埃《ほこり》の上に、かすかに足跡が付いている。

摂政王子ともあろう人を、埃の上に乗せてしまったんだ、と思うと……なんだか笑えてくるやら申し訳ないやら。

もう、アグワンには会えないかもしれないんだ。

僕の作ったゲートを保全できれば、また会えたかもしれないけど。

あんなにあっさり崩れてしまった。

そして、向こうとこちらでは時間の流れが違う。

改めてざっと計算してみたら、こちらでの五分ほどが向こうでの一日になる計算だ。

だとしたら、僕がこっちに戻ってから、もうｔｒｉ世界では何ヶ月も経ってしまった計算になるんだろうか……？

このまま日が過ぎていけば、時間差は手が届かないほどに広がっていくいっぽうだ。

――二度と会えないかもしれない。

僕はそれを、おそろしいほどの現実感を持って受け止めなくてはいけなかった。

3. tri トリ

「よう、元気か」

友人の是永から電話がかかってきたのは、半月ほど経ったときだった。

塾は休みで、昼間から家でぼうっとしていたところだ。

「うん……まあ」

「どうした、なんか声に元気ないな」

「……ちょっと、風邪《かぜ》かな」

僕はそう言ってごまかした。

風邪を引いているわけではないけれど、なんだか日々がのろのろと重たく過ぎていくようだ。

塾とアパートを往復して、当たり前の日常を重ねているだけなのに、間にあの「非日常」が挟まっただけで、日々がなんだか無味乾燥に、味気なく感じる。

塾の仕事に対する義務感だけで、なんとか日常をこなしているという感じだ。

幸い生徒たちとの関係は悪くない。

僕としても、あの子たちのためにこちらの世界に戻ってきたのだと思えるから、それは嬉しいし、ありがたい。

けれどそれも、以前に比べればやりとりがスムーズになってきたというだけのことで、この短期間で劇的に成績がよくなったわけでもなく、塾側からの評価は厳しいままだ。

講師は一学期ごとに評価されて、一年ごとの契約の際にそれが考慮される。

雇用が厳しくて、小学生相手の塾講師といえども希望者は多く、うかうかしていたら首を切られて路頭に迷いかねない。

なんとかしなくちゃ。

なんとか結果を出さなくちゃ。

それが……子どもたちのためではなく、自分自身のことを先に考えてしまっているんじゃないかと気付いて、はっとすることもある。

せっかく、アグワンが励ましてくれ、僕のよさと思える部分を教えてくれたのに。

こんな状態では、アグワンに顔向けもできない。

……また会えるのかどうかもわからないけれど。

その思いがまた、僕の胸をなんとなく落ち着かなく、不安にさせる要因でもある。

要するに……

僕はあれだけの決心をしてこちらの世界に戻ってきたのに、結局自分に自信がないまま、迷いながら日々を重ねているだけなんだ。

「まあ、いろいろあるよな」

僕が風邪と言ったのを信じてはいない口ぶりで、けれど深くは突っ込まずに是永が言う。

こういう、相手に踏み込みすぎないところが、是永のいいところだ。

学生時代から面倒見がよくて同窓会などの連絡役もしているから、僕以外にも、友人が少なくて「是永とだけはなんとか繋がっている」という同級生は他に何人もいるはずだ。

「ところでさ」

是永が軽い調子で話題を変える。

「この間のセキセイインコ、あれ、どうした？」

「あ……」

僕は不意を突かれた感じで、言葉に詰まった。

どう答えればいいだろう。まさか……あれは異世界の人間で、向こうに帰ってしまったと答えるわけにもいかない。頭がどうかしたと思われそうだ。

「あ、あれはその、飼い主が見つかって……帰したんだ」

ようやく僕はそう言った。

「そうかあ」

疑う様子でもなく是永が答える。

「そりゃよかったというか、残念だったというか。飼うことになりそうなら、鳥グッズの店とか紹介しようかと思ったんだけど」

「うん、ありがとう」

「ところで最近さ」

是永の口調は、さらに軽い世間話的なものに変わる。

「なんか、珍しい鳥が東京の空を結構飛んでるって知ってた？　ＳＮＳに上がってるし、テレビでもやってるみたいなんだけど、日本にいないはずのインコ類とか、東京にはいないはずの種類の鶴とか鷲とか」

「え!?」

僕は思わず声を上げた。

「どうして？　どういうこと？」

「いや、なんかとにかく、そういう話。どっかの動物園とかから大量に逃げ出したんじゃないかって思ったけど、そういう話もないらしいし。何、阿久津、鳥に興味が出てきた？　珍しいのがいたら捕まえて飼う？」

是永の声は笑っているけれど、僕はそれどころじゃなくて。

「どのへんにいる？」

「え、どこってことなく、都内のあっちこっちらしいけど。阿久津のアパートの近くだと、Ｋ公園とか……おいまさか、ほんとに捕まえる気か!?」

「Ｋ公園、ありがとう、悪いけど切るね」

僕はそう言って電話を切った。

そのまま、靴を履いてアパートの外に飛び出す。

是永が言っていた公園に向かいながら、僕は自分のスマホでざっと検索してみた。

確かに、鷲とか鶴とか、極彩色のインコとか、珍しいものが目撃されたという話が、ここ三日ばかり急に増えている。

いないはずの鳥があっちこっちで目撃されていると聞いた瞬間、僕はとっさにあることを思い浮かべた。

この間の、鳥類研究所。

アグワンたちがアルカを救い出しに行ったとき、

そこにいた他の鳥まで出てきちゃったんじゃないだろうか、と。

でも……是永の話だと「うちから逃げ出した」という話はどこからも出ていないみたいで。

だとしたら。

tr:i世界から来ているのかも……！

それは僕の半ば願望が入った妄想かもしれなくて。でも心のどこかに、きっとそうだ、という確信めいたものもある。

公園に近付くと、突然上空から羽ばたきが聞こえて、はっとして見上げると、二羽の鷹のような鳥が急降下してきた。

明らかに僕めがけて……ということは、やっぱりそうに違いない！

tr:i世界と関わる前なら怖いと感じたかもしれないけど、僕は目の前に舞い降りた鳥たちに慌てて話しかけた。

「僕に用？　向こうで何かあったんですか？」

けれど鷹たちは顔を見合わせ、それから「きー、きき！」というような甲高い声を出す。

言葉が――通じない。

するとそこに、別な鳥……薄ピンク色のオウムのような鳥や、鵜《う》とかカラスのような鳥たちもやってきた。

どれも大きめ……ということは、tr:i世界では身分の高くない人々、ということだろうか。

どの鳥も、懸命に僕に何か訴えようとしているのがわかる。

でも、言葉が通じない！

アルカも、こっちでは僕と言葉が通じなかった。

それは、僕が作ったのとは違うゲートから出てきたせいじゃないかと、老師が言っていた。

だとしたらこの鳥たちはどこのゲートから出てきたんだろう。

でもとにかく、僕に何か訴えかけているのは確か。

少なくとも二羽の鷲たちは、この間の救出部隊にもいて、僕を知っているのかもしれない。

何かあったんだ。

僕が手助けしなくてはいけないような何かが。

なんだろう。アグワンに何か重大なことが起きたんだろうか!?

そう思うと、ざっと背中を冷や汗が伝ったような気がした。

ゲートを作らなくちゃ。

あたりを見回して材料になるようなものを探しかけ、はっと思いとどまる。

こんなところにゲートを作っては、また保全に苦労する。

作るなら、僕のアパートの中だ。

僕はきびすを返して、アパートに向かって走った。

鳥たちのうちの何羽かが僕を追ってきて、アパート近くの電柱やマンションの屋根に止まる。

アパートに飛び込むと、僕は部屋の中を見回した。

はっきり言って……散らかっている。

でもそれは、家の中で「直線」を持つものを片っ端から組み合わせてみた結果だ。

ｔｒｉ世界から戻ってから、どれだけたくさんの三角形を作っただろう。

塾で偶然できてしまったゲートと同じものを作ろうとしたがだめで、同じ大きさで素材を変えたり、角度は同じままに大きさを変えた相似形を作ったりもして、そして何をどう使ったかを全部表にして記録して。

下に敷くものの素材とか、いっそ立ててみるとか、本当にありったけ試したんだ。

それでも、ゲートはできなかった。

この二日ほどは、諦めかけて新しい素材を試してみる気力もなくなりかけていた。

でも、そんなことを言っている場合じゃない。なんとかしないと。

僕はとりあえずパソコンを立ち上げて記録の表を開き、それから、目に付いたものを片っ端から三角形に組み合わせはじめた。

でも、だめだ。

三角形はただの三角形でしかない。

そもそも、三角形にしてからどれくらい待てばそれが「ゲート」であるとわかるのか、それすらわからない状態だけれど、ゲートならば絶対に「何か」が起きるはず。

最初のゲートのときは、ぴりっと電気が走ったように感じたんだから。

けれど、そんなふうに闇雲に三角を製造しているだけでは、効率が悪すぎる。

僕は、テーブルにぺたりと腕がくっついたのを感じた。

汗だ。

なんだか……今日は、蒸す。

でもエアコンを入れるにはまだ季節が早くて、電気代ももったいない。

僕はため息をついて立ち上がり、冷凍庫から保冷剤を取り出した。

大きめの保冷剤で、こういうときに重宝しているものだ。

腕の下に置くためにくるむタオルを探そうとして、僕は何気なくその保冷剤を、お気に入りの黄色い二等辺三角形のかたちをした座卓の上に置き――

その瞬間。

机の上がぱっと白く光ったかと思うと……

一羽の鳥が飛び出してきた！

「ユーキさま！」

見覚えのある、ピンク色の中型インコ。

「え？　え、エズル!?」

それは、近衛隊長のエズルだった……！

ということは、ゲートができたんだ。

でも、どれが!?

机の上を見ると、座卓の一辺と、定規と……そして保冷剤の一辺で、確かに三角ができている。

けれど……かたちはあのときと違う。

今度のは直角三角形だ。

同じ三角形を再生しようとあんなに必死になっていたのに、違うかたちの三角形でゲートができるなんて。

でも、それより……

「エズル、何があったんですか？」

「ユーキさま、アグワンさまをお助けください。このままでは、アグワンさまが倒れてしまわれます。われわれの世界はどうなってしまうのか……！」

必死の様子のエズルは、心なしか羽根の色つやが悪く、ぼさぼさしている。

「でも、僕はどうすれば……？」

「とにかく、こちらにおいでください」

「わかり……」

ました、と言おうとして。

僕ははっとした。

このまま僕がこのゲートから向こうに行ったとして。

今作ったゲートの素材の一辺は、保冷剤だ。

固く凍っている今はいいとして、これが融《と》けてかたちが崩れたら……ゲートは消えてしまうかもしれない。

「ちょ、ちょっと待ってください、これが融けないように何か……ドライアイスを買ってくるとか、ええと、どうしよう」

「お急ぎください、ユーキさま」

エズルがせわしなく僕の周りを飛び回る。

「ユーキさまは、この間お会いしてから全くお変わりになっていないように思うのですが、こちらではどれほどのときが経ちましたか？」

「え」

僕は思わずエズルを見た。

そうだ、あっちとこっちでは時間の流れが違うんだ。

「半月……かな」

向こうでは何年か経っていても不思議じゃない。

「我々の世界では、あれから一年が過ぎようとしております。私がこちらにいる間にも、アグワンさまは……！」

一年⁉

考えていたよりは、短い。

この前も、アルカが出てきたどこかのゲートと、僕が作ったゲートでは、時間の長さが違った。

じゃあ、今度のゲートでの時間差は、この間のゲートよりは少ないということなのか。

よかった……！

こちらの半月が向こうの何十年とかになっていたら、またはその反対で、向こうの一年が、こちらの数百年とかになっていたらと思うと、ぞっとする。

それでも、こっちでぐずぐずしている時間が、向こうでは何倍もの時間になるのは確かだ。

買い物に行ったりしている時間は惜しい。

どうしよう。

そのとき、電話が鳴った。

是永だ！

僕は急いで電話に出た。

「あ、阿久津、鳥、見た？」

さっきの話の続きだろうか、是永の言葉を僕は遮った。

「ごめん、是永、いきなりで悪いんだけど、急いで頼みたいことがあるんだ」

「お、阿久津がそんなこと言うの珍しいな、どうした」

是永の声が真面目《まじめ》になる。

「僕の部屋に、こんなものがあるんだけど」

僕は急いでゲートの三角の写真を撮って送る。

「何？　これ。定規と……保冷剤⁉」

「おかしなことを言うと思うんだけど、この、三角形のかたちを保全したいんだ。僕はこれからすぐに出かけなくちゃいけなくて、でも保冷剤が融けたりして、この三角形が崩れると帰ってこられなくなってしまうんだ！　ドライアイスとかで、なんとか周りを囲って……頼む、他にこんなこと頼める人がいないんだ……！」

是永が呆《あき》れて電話を切るとか、病院に行けと勧められるとか、そんな想像もしつつ必死になって説明すると……

「わかった」

あっさり是永は答えた。

「っていうか、はっきり言ってよくわからないけど、とにかくその三角形を保全する、保冷剤が融けないように、だな。時間はどれくらい？」

「ええと」

僕は必死に頭を巡らせた。

「とりあえず、一日」

向こうでもっと時間がかかるようなら、こっちで一日経つころに一度戻ってきて……なんとかする。

ひょっとしたら、塾に欠勤の連絡をしなくてはいけなくなるかもしれないし。

「了解、玄関の鍵、わかるところに置いといて」

「郵便受けの蓋の裏に、ガムテで貼っとく！　ありがとう、本当にありがとう、頼む！」

僕は電話を切り、急いで郵便受けに鍵を貼って、不安そうにそわそわしていたエズルを見た。

「お待たせしました、行きましょう」

「はい！」

エズルが先に立ってゲートに入っていき、僕はそのゲートの小ささに不安になりつつも、白い光の中に思い切って揃えた両手から飛び込む。

全身がまばゆい光に包まれ——

どさっと、身体がマットの上に落ちたのがわかった。

「おお、ユーキさま！」

周囲から声が上がり、僕はマットの上に膝と両手を突いたまま、あたりを見回した。

神殿だ。

ｔｒｉ世界の、神殿に戻ってきたんだ……！

僕の背後にゲートがあり、正面……マットを挟んでゲートと向かい合うように……

黒い服の、黒髪の男が頽《くずお》れるように突っ伏してい
た。

まさか。

「アグワン!?」

僕が叫ぶと、突っ伏していた男はゆっくりと顔を
上げた。

アグワンだ！

けれど、銀色の輪で押さえた髪は乱れ、顔には血
の気がなく、少し頬が削《そ》げたようにも見える。

疲れてやつれ、けれど瞳だけがらんらんと光って
いるような。

「どうしたんですか、いったい」

僕は慌ててアグワンににじり寄った。

ちらりと目に入った感じだけでも、神殿は少し以
前と雰囲気が違うように思える。どこか……荒れ果
てたような。居並ぶ人々の服装や顔つきも。

けれどそれよりアグワンだ。

アグワンは片膝を突いて身体を起こすと――

両腕を広げて、いきなり僕を抱き締めた。

「……！」

きつく抱き締められているのに、まるでしがみつ
かれているように感じる。

「やっと……会えた、ようやく来てくれたか……！」

絞り出すような声にはっと胸を突かれた。

僕にとってはたった半月ほど、それでも、二度と
会えないかもしれないと思うと焦りが募った。

アグワンにとってはどれほど長いと感じる時間だ
ったのか。

しかも……

「何が起きているんですか？　どういう状況なんで
す？」

とにかく状況が知りたいと思って尋ねると、アグ
ワンの腕が緩んだ。

「……来い。見た方が早い」

そう言って僕の手を握って引っ張るように、神殿

から出て行く。

あとから、人々がついてくるのがわかった。

城の中も、神殿以上に、この間と全く雰囲気が違うのがわかる。

人の姿が少ないだけじゃない。

廊下の暗い場所でも、ろうそくの炎がほとんど点《とも》っていない。窓はすべて閉ざされている。

そしてたとえば、花瓶に活《い》けた花が枯れている、壁に垂れる布の端がほつれている、など。

とにかく「荒れた」という雰囲気だ。

「どうして……いったい……」

「こちらだ」

アグワンが廊下の突き当たりにあった大きな扉を開けると、そこは広いテラスだった。

そこから見える景色に、僕ははっと息を呑《の》んだ。

植物が、みんな枯れている。

この間ほんの短時間見ただけでも、この世界は温暖で美しいと感じた。空は青く、緑は濃く、水も豊かだった。

けれど今見る景色は、単に「天気が悪い」んじゃなくて……別の星にでも来たように空気が重く、寒い。

「見ろ」

アグワンは空を指さした。

赤茶けた空。

そこに……一本の紺色の線が、縦に走っていた。

いや、違う。

亀裂だ。まるで、空の一番上から地平線にかけて、紙を鋏《はさみ》で切り裂いたかのように、空に亀裂が走っている。

「あれは……どういう……」

「世界のほころびだ」

アグワンが低く言う。

世界のほころび？　どういうことだろう？

「ユーキどのの世界と、我々の世界の間に、ほころびが生じているのです」

僕の傍らに来て、苦しそうに説明したのは老師だった。

腰が曲がり、五十も年老いたように見える。再会の挨拶なんかしてる状況じゃない。

「僕の世界と、って……？」

「我々の世界は、そちらの世界に飲み込まれつつあるのです。このままではこの世界は消滅してしまう」

「どうしてそんなことに⁉」

老師が首を横に振る。

「わからないのです。ゲートが関係していることだけはわかるのだが……」

そのとき、僕の手をぎゅっと握り締めていたアグワンの力がふいに緩んだかと思うと、アグワンががくっと床に頽れた。

「アグワン⁉　どこか悪いんですか⁉」

「ここ数ヶ月、ほとんどお休みになっていないのです」

傍らから慌ててアグワンを支えたのはエズルだった。

僕と目が合い、エズルは辛《つら》そうに眉を寄せる。

「一日でもゆっくりお休みいただければと思うのですが、あのほころびの問題で国中が混乱してその対応にあたられている上、ゲートについても摂政王子が一番お詳しいので……」

きつく眉を寄せて目を閉じつつも、

「私は大丈夫だ……」

そう言うアグワンの額に思わず手を当ててみると、熱い。

「熱があるじゃないですか！」

「熱ごときで」

ただ休めと言っても、休んでもらえる状態じゃない。

だとしたら。

「誰かちょっと、何か書くものを」

僕がそう言うと、すぐに誰かから紙とインクのついたペンが差し出される。

「この間、僕がここを去ってからの正確な期間を教えてください。それから、あの亀裂が現れた正確な日時と、ここ最近……そうですね、一ヶ月で起きた出来事を時系列で」

老師やエズルが口々に教えてくれる日時を書き留め、僕は急いで計算した。

起きている現象は理解できないけど、これ自体は単純な算数だ。

人々は、僕が何をするつもりなのか、じっと待っている。

「……二十四時間、休みましょう」

計算を終えて、僕はアグワンに言った。

「分単位とか時間単位で重大な出来事が起きているわけではないんですよね？　だとしたら、二十四時間アグワンが休んでもたぶん大丈夫です。あなたが倒れたらそれこそ大変です。僕はその間に、何が起きているかを他の方から伺います。僕の世界との時間の流れの差を考えても、僕がこちらに半月くらいいることに問題はありませんから」

是永が、あの三角を一日くらい保つようにしてくれているなら。

信じるしかない。

「だが……」

アグワンが何か言いかけたけれど、僕は自分でもびっくりするような、きっぱりした口調で言った。

「いいから、僕の言うことを聞いてください」

アグワンがちょっと驚いたように僕を見つめ、それから片頬で苦笑した。

「この私にそんな口をきくのはお前だけだな……わかった、寝室に行こう」

ゆらりと立ち上がるアグワンに、エズルが急いで肩を貸す。

「だが、何かあったら、絶対に私を起こすのだぞ」

「それはもちろんでございます」

老師とエズルが答える。

「ユーキ……」

アグワンが僕を見つめた。

「私が寝ている間に、消えてしまったら許さんぞ。やっと会えたのだから」

その声が……瞳が、なんだか切ないものを含んでいて、僕はどきっとした。

どうしてアグワンは……僕をそんなふうに見るんだろう？

でもとにかく、今はアグワンに、心を静めて休んでもらわなくちゃ。

「絶対に消えません」

そう言うと、アグワンは頷き、エズルとともにゆっくり城の中に戻っていった。

「さすがですな、ユーキどの！」

老師がほっと息をつく。

「摂政王子を休ませることができた、それだけでもあなたに来ていただいたかいがあったというものです」

「いえ……そんな」

僕は、自分が今取った行動に、自分でも驚いていた。

異世界の、とはいえ一国の摂政王子という身分の高い人に、強引に「休め」なんて。

普段の僕からしたら考えられない強い態度に出てしまった。

でもそれは……アグワンがあまりにも疲れているのがわかったから。

とにかく彼に休んでほしいと思ったから。

「それじゃあとにかく、起きていることを説明してください」

僕はそう言ったけれど、話を聞いて僕に何ができるのか、できることがあるのかどうか、それは全くおぼつかなくて不安でいっぱいだった。


この間来たときに通された部屋で、荒れ果てた庭を見ながら、僕は老師と、神殿のゲート学者という人々から話を聞いた。

なんでも、僕がこの間自分の世界に帰った直後、大きな地震があったということだ。

そして、ゲートは閉じてしまった。

入れ替わりくらいに、あの亀裂……ほころびが現れたらしい。

僕が自分の世界に帰った直後に小さな地震があって、ゲートの三角が壊れてしまったことを話すと、みな驚いていた。

片方の地震がもう片方に影響したのか、それともゲートの存在そのものが地震を引き起こしたのか、それはよくわからない。

大昔にゲートができたときにそんな記録があるかどうか、調べているところだったらしい。

けれどとにかく、その昔の記録に使われている昔の文字を読める人が少なく、老師を除けばアグワンが国一番の学者でもあり、それで彼に負担がかかっている部分も大きいみたいだ。


とりあえず今までにわかっていることは、あの亀裂からこの世界の「気」のようなものが吸い出されていっていること。

その結果、気温が下がり植物が枯れ、家畜が死に、人々の健康にも影響が出てきていること。

亀裂から「気」の計測をした結果、どうやらゲートと似た構造で僕の世界と繋がっているらしいこと。

このまま「気」が僕の世界にどんどん流れ出たら、この世界が滅びてしまうであろうこと。

本当に、大変な事態なんだ。

僕ははっと、僕の世界で起きている異常に思い当たった。

「それで、その後別なゲートは作ったんですか？　僕の世界方に鳥がたくさん来ているんですけど、どこか別のゲートから出てきたんでしょうか」

僕が尋ねると、老師は驚いて首を振った。

「ゲートではないはず。じゃが、そちらに鳥の姿で出て行った者たちがいるとは……おそらく、ほころびに吸い込まれた者たちでは？」

あのほころびから……？

「実はゲートは、ユーキどのと繋がったもの以来、ひとつもできていないのです」

学者の一人が言う。

「最初に神殿にゲートを作ったときは、何が起きたのかわからないうちにアルカさまが消えてしまわれた。そしてすぐに接続は切れました。二回目に繋がってアグワンさまが飛び込まれたのが、ユーキさまのゲート。その後アグワンさまが必死に別なゲートを作ろうとなさったのですがどれも一瞬しか繋がらなかったり、全く反応がなかったりが十数度。そして、ようやく繋がったのが今回のゲートです」

指折り数え、

「つまり、安定して行き来できるゲートは、これまでにもユーキさまのお作りになったふたつのゲート以外にないのです」

そう言って頷き合う。

「ユーキさまがお戻りになったときは、別なゲートもすぐにできるだろうと思っておりましたのに、どうしてかユーキさまがそちら側で作ってくださったもの以外、繋がらないのです」

「そうだったんですか……！」

僕も、向こうに戻った直後は必死に別なゲートを作ろうとしたけどだめだった。

でも今回、まさかの保冷剤でゲートはできた。

塾で、文房具と割引券で作ってしまったときといい、どうしてこう保全するのが難しいものでしか作れないんだろう。

「それで……僕がこちらに呼ばれたわけは……？」

一番気になることを僕は尋ねた。

僕に何かができると思われたからこそ、呼ばれたはずだ。

僕自身には、自分に特別な力があるわけでもなし、何ができるのか見当もつかないけれど、できることはしなくちゃという気持ちがある。

そのとき、

「ユーキどの！」

入り口から、見覚えのある小柄な少年が駆け込んできた。

アルカだ。

「お久しゅうございます！」

僕の前に膝を突き、胸の前で三角を作って挨拶をするアルカは、やはり顔色が悪い。

「アルカさま、臥《ふ》せっておいでだったのでは」

学者の一人が尋ねると、

「ユーキどのがおいでになったのです、寝ている場合ではありません！」

そう言って僕を見つめる。

「兄を休ませてくださったと聞きました。そんなことができるのはあなただけです」

真剣な目で僕を見つめる。

「兄は、ユーキどのとまたゲートが繋がりさえすれば希望が持てると申しておりました。この世界のことでご面倒をおかけして申し訳ありませんが、どうぞお力添えください」

そう言って、頭を下げる。

「いえ、あの……僕に何ができるのか、今、伺おうと思っていたんですけど」

するとアルカは、老師や学者たちとちらりと視線を交わす。

「私どもも、詳しいことは知らないのです。でも兄には何か考えがあるのです」

そうか。アグワンに聞くしかないんだ。

「お目覚めを待ちいただくしかございませんな」

老師にそう言われて、僕は頷いた。


「ユーキ」

アグワンが僕の姿を見て微笑《ほほえ》んだ。

ベッドで、固く詰め物をして刺繍《ししゅう》の施された大きなクッションに背中を預けているアグワンの顔色は、かなりよくなっていた。

僕がベッドに近寄ると、飲み物などを傍《かたわ》らの小卓に並べていた召使《めしつか》いたちが静かに下がり、二人きりになる。

アグワンがぽんぽんと、ベッドの上、自分の傍らを叩《たた》いたので、僕はおそるおそるベッドの端に腰を下ろした。

「顔色がよくなって、よかったです」

「お前のおかげだ。もうずっと、眠ろうとしてもいろいろな心配事で眠れなかった。だがお前がこちらに来たことと、お前に休めと言われたことで、ゆっくりできた」

アグワンが微笑む。

……なんだか、変な感じだ。

この間tri世界に来て、アグワンと一緒にいた時間なんて、ほんのわずかだった。

むしろ、セキセイインコ姿のアグワンと、僕の世界で一緒にいた時間の方が長いくらいだ。

けれど、ずっとよく知り合っている人と、久しぶりにこうして会っているような気がするのはどうしてだろう。

そもそも、内向的で自分に自信のない僕が、自分がどれだけ平凡であるかよく知っている僕が、この人のために、この世界で自分にできることをしなくては、なんて思うのはどうしてだろう。

「……私のことを考えたか？」

意味ありげに、アグワンが微笑む。

その、高貴で自信に満ちた……傲慢《ごうまん》に見えるのになぜか憎めないその笑みを見たとたん、僕ははっと思い出した。

この間帰るとき……キスされたことを……！

アグワンを忘れないように。あんなことされなくたって忘れっこないと思ったし、この世界ではキスには違う意味があるんじゃないかとも考えたけれど……

アグワンの笑みを見ると、どうしてだか、キスはどっちの世界でもキスなんだという気がしてくる。

それにしたって男同士なのに。

僕が真っ赤になったのを見てアグワンは満足げに微笑み……それからふっと真顔になった。

「私はお前を呼んだのだ。お前に、なんとかこれと同じ形のゲートを作ってくれと呼びかけながら、ゲートを作り続けていたのだ」

「呼んだ？　僕を？」

僕は、キスのことから考えを逸《そ》らされたことにどこかでほっとしながら尋き返した。

「そうだ。念を送ることを、お前の世界ではどう考えているのか。強い思いは、時空を超えて通じ合うものなのだ」

ええとそれは、テレパシーみたいなもの、なんだろうか。

「あなたが僕を呼ぶ声は、聞こえませんでした……」

それでも僕は、アグワンには申し訳ないけれど、正直にそう言うしかない。

けれどアグワンは真面目《まじめ》な顔で首を横に振った。

「声が聞こえるとか、そういうことではない。何かこう……自分の意思ではないものに突き動かされるような、焦りのようなものを感じなかったか？」

「それはもう！」

僕は思わず叫んだ。

「なんとかゲートを作らなくちゃ、こちらで何か起きてるんじゃないか、なんとかしなくちゃって――」

僕ははたと気付いた。

そうだ。

珍しい鳥が現れていると是永《これなが》に聞いたとき。

とにかく確かめに行かなくちゃと思った。

鳥たちが僕に何か必死で訴えて……僕はとにかく、家に戻ってゲートを作らなくちゃと思った。

あの、焦り。急がなくちゃ、なんとかしなくちゃという感じは。

「もしかして、アグワンの思いが……」

「通じた瞬間だったのだろう」

アグワンが満足げに頷《うなず》く。

「お前にになら通じると思った。最初にゲートが通じたときも、こちらで、誰かがこの念を受け取ってくれと強く念じたのだ。するとお前がゲートを作った。今度も、もう私の力だけではどうしようもない、ユーキ、私に力を貸してくれと……切羽詰まった思いであのゲートを作ったら、お前に通じた」

よくわからないけれど……アグワンの思いを、最初から僕の世界で、僕だけが受け止めていたということなんだろうか……？

アグワンがすっと手を伸ばし、僕の手を握った。

ぎゅっと力が込められる。

アグワンの美しい灰色の瞳が、僕の目を覗《のぞ》き込む。

「えにしだ、と言っただろう。言い換えれば、運命だ。私とお前の間には、そういう強い何かがあるのだと、私はお前に最初に会ったときにそう感じたのだ」

最初に会ったとき、なんて……アグワンはセキセイインコ姿だったのに。

小さくてカラフルで、ふわふわの胸でふんぞり返っている偉そうなセキセイだったのに。

そう思うと、なんだか口元が綻《ほころ》びそうで。

けれど同時に、アグワンの言う「運命」という言葉がずっしりと胸に重く響く。

それでいてこう……真剣に向き合わなくてはいけない事柄なのに、僕の方にまだ準備ができていない、という感じもする。

軽々に「僕も運命だと思います」なんて言っちゃいけないような。

それを口にするには、何か重大な覚悟が必要であるような。

そんなことを思いながらも、アグワンの瞳から目が逸らせない。

この人と僕は、何か特別な力で繋《つな》がっているんだろうか。

そのとき……閉じていた部屋のドアが慌ただしく

ノックされた。

「摂政《せっしょう》王子！　ユーキどの！　ゲートが……！」

切羽詰まった声に、アグワンの面《おもて》がさっと引き締まり、ベッドから素早く起き出た。

まとっていた白い薄ものの上に、傍らに置かれていた鈍い銀色の長衣を素早く羽織ると、僕に向かって「来い」と言い、黒い帯を締めながらドアに急ぐ。

僕も慌てて後を追うと、部屋の外にはエズルが待ち構えていた。

「どうした」

「ゲートが不安定な光を放っていると、アルカさまが」

「……なんだと」

急ぎ足で歩きながら、アグワンが眉《まゆ》を寄せる。

ゲートが不安定になっている……どういうことだろう……？

まさか、僕の作ったゲートの、保冷剤が融《と》け始めてしまっているとか……!?


ベマが変わらず入り口に控えている神殿に入ると、アルカが不安そうな顔で出迎えた。

「兄上、ユーキどの、あれを」

示した先にあるゲートは、変わらずそこに立っていた。

僕が作ったのと同じ二等辺三角形で……鈍い光を放って。

けれど、全体がふるふると細かく振動しているように見える。

それと同時に、三角形のそれぞれの辺を支えている棒が、微妙にずれていきそうな不安定感が。

「まずい、ゲートがかたちを変える！」

アグワンが叫んだ。

かたちを変えたら……接続が切れてしまう、ということ!?

蒼《あお》くなった僕を、いきなりアグワンが背後から抱き締めた。

「な……」

「私と心を合わせるのだ！」

強い口調で言って、アグワンが僕の両手を背後から握り締める。

「私が考えているとおりなら、私とお前が心を合わせれば、ゲートは安定させられる。今このゲートが崩れれば、お前の世界に戻れなくなるばかりか、ほころびがさらに開いてしまう！」

この世界のことよりも、僕が帰れなくなることを、アグワンが先に口にしたことに僕は気付いた。

そうだ、それは確かに大問題だ……ただし、僕個人にとってだけ。

でもそれよりも重大なのは、ひとつの世界の存亡がかかっているということ。

このゲートとあのほころびの関係は、僕にはわからない。

でもアグワンには確信があるんだ。

このゲートが壊れ、ほころびがさらに大きくなれば、気候の変動がさらに大きくなったり、人々が吸い込まれたりして、今よりもっと大変なことになる。

この世界の「気」全部が吸い出されてしまったら、この世界は成り立たなくなって……滅びてしまう。

この国のため、この世界の人々のため、僕とアグワンが心を合わせることでそれを防げるのなら、なんとしてもやらなくては……！

でも。

「心を……どうやって……」

僕にはそのやり方はわからない。

けれどアグワンは、確信に満ちた力強い声で言った。

「私とともに、ゲートがそこにしっかりと在《あ》るように願うのだ！」

願う。

それだけ？

本当に、そんなことで……？

アグワンは僕の手の甲に自分の手を重ねて指を絡ませ、ゲートに向かって掲げる。

僕の背中にぴったりと胸を合わせたアグワンの鼓動が伝わってくる。

同時に、アグワンの必死の思いも。

そう感じた瞬間、僕の鼓動が、アグワンの鼓動に同調したような気がした。

「ゲートよ、鎮まれ！」

アグワンの声が……耳じゃなくて、脳に直接響いたように感じる。

そうだ。

僕とアグワンは……こうして心を重ね、響かせることができるんだ！

そう思った瞬間、アグワンの想いは僕の想いとぴったり重なった。

頭の中で、今にも崩れていきそうな大きな二等辺三角形を、必死に保とうとする……その思考が、僕だけでなくアグワンのものでもあるとわかる。

僕が向こうで偶然作ってしまったのと同じ、二等辺三角形。

辺の長さは違うけれど、すべての角度がぴったりと重なる相似形の美しさを、保たなくては。

するとふいに、僕の中に三という数字の崇高さが閃《ひらめ》いた。

民と。国土と。王と。

この世界をかたち作る、三つの要素。

三が神聖なのは、それぞれの辺が、この世界にとって重要な三つの要素を表すからだ。

背後にいるアグワンから伝わってきたイメージだ……！

そうだ、三角形は世界を表しているんだ。

だからこそ美しく、だからこそ安定していると同時に不安定で、努力して大切に保たなくてはいけない。

僕がこれほどまでに惹《ひ》かれ続けてきた三角形には、そんな深遠な意味がある。

そして今目の前にあるゲートの三角形が崩れることは、世界の滅びを意味するんだ。

鎮まれ。

人々のために。世界のために。生きとし生けるもののために。

どうか、ゲートよ鎮まれ――！

ゲートが、その僕たちの想いを力で押し返してくるように感じ、必死にそれに抵抗する。

アグワンと重ねた両手で、その力を押し返す。

疑問を持っちゃだめだ。

信じて、押し返すんだ……！

『押せ！』

アグワンの力強い声が頭の中に鳴り響いたように感じ、ぐっと渾身《こんしん》の力を込めたとき――

ふいに、抵抗が止んだ。

「あ！」

押していた相手が突然消滅した感じで、前につんのめりかけた僕の身体を、アグワンがしっかりと引き留める。

「……鎮まった」

誰かが呟《つぶや》いた。

はっとしてゲートを見ると……ゲートは振動を止めていた。

変わらぬかたちで、そこに立っている。

止まったんだ……！

ほうっと周囲から安堵《あんど》のため息が洩《も》れ、そしてアグワンが、僕の身体の向きを自分の腕の中でくるりと変えさせた。

「やったな、ユーキ」

瞳が、喜びに輝いている。

「やった……んですか？　でもどうして……」

「私が思ったとおりだった。このゲートは、目に見えているとおりの物理的物体ではなく、念の集合体ではないかと思っていたのだ。そして、このゲートを両側で通じ合わせた私とお前なら、安定させることができるのではないかと。私の考えは正しかったのだ」

アグワンは確信に満ちた言葉でそう言って、居並ぶ人々を見渡す。

「見てのとおりだ。私とユーキなら、ほころびに立ち向かうこともできるだろう。ほころびに向かう準備をせよ！」

「は！」

エズルをはじめ、何人かが神殿を飛び出していく。

僕は、頭が混乱して、まだよく理解できずにいた。

ゲートが、物理的物体ではなくて、念の集合体？

そして、僕とアグワンが想いを合わせれば、安定させられる……？

それは、僕とアグワンが両側のゲート作製者だから。

どうして両側でゲートを作れたのかというと……

「えにし」があるから？

えにしがあるから作れた？　ゲートを作れたからえにしがある？

「ユーキどの！」

アルカが僕に笑顔を向け、僕ははっと我に返った。

「やはりユーキどのは、この世界を救ってくださる方でした！」

瞳がきらきらと輝き、感謝を浮かべて僕を見上げているアルカに、僕は曖昧《あいまい》な笑みを返すしかない。

「本当に僕なのかどうか……ほとんど、アグワンがやったことという気が」

「いいえ、兄上一人の力では難しかったのです。神託でも、『もうひとつの心』が必要だと出ていたのですが、私どもには意味がわからなくて……でも、ユーキどののことだったのですよ！」

そういえば、アルカは神官だと言っていたっけ。

「ユーキ、考えるのはあとにしろ」

アグワンが、僕の片手を握って引っ張った。

「ほころびを閉じることができるかどうか、とにかくやってみなくては。アルカは、ほころびから出て行った者をこのゲートから戻す方法を算段せよ」

「はい」

アルカの声をあとに、僕はアグワンに手を引かれて城の外に出る。

すると、石の柱に支えられた広いポーチに、何頭かの馬が待っていた。

真っ白な馬と真っ黒な馬が、僕とアグワンの前に引かれてくる。

「ユーキ、そちらに乗れ」

そう言いながらアグワンがひらりと黒い馬に飛び乗ったので、僕は呆然《ぼうぜん》とした。

「どうした、急げ」

アグワンが眉を寄せ、焦《じ》れたように促す。

「僕……馬には乗ったことがなくて……」

ようやくそう言うと、周囲にいた男たちが顔を見合わせたのがわかった。

アグワンがはっと気付いたように眉を上げる。

「そうか、あちらでは馬ではなく、妙な長い箱のような乗り物を使っていたな。馬がいない世界があるなどとは想像もしてなかった、すまない」

いや、馬がいないわけじゃないんだけど。

「では、来い」

アグワンが僕に向かって手を伸ばしたので思わずその手を握ると、背後にいた男たちが僕の身体を押し上げ、じたばたしながら気がつくと、アグワンに背後から抱かれるように鞍《くら》に跨《また》がっていた。

エズルをはじめ五人の、乗馬の近衛《このえ》を従えて、僕とアグワンを乗せた馬が走り出す。

「うわ、うわわ」

僕は慌てて鞍の前にある出っ張りに摑《つか》まったけれど、馬が上下に揺れるので身体が跳ねて仕方ない。

「馬に合わせよ」

アグワンが背後から僕をすっぽり抱いたまま、笑いを含んだ声で言う。

さっき、ゲートを鎮めたときと同じように背中にアグワンの胸が重なって、僕はなんとか落ち着きを取り戻した。

馬に合わせる。馬の上下動に自分の動きを合わせる。同時に、アグワンの動きに。

ようやく身体が慣れてくると、アグワンは馬の腹を軽く蹴《け》ってスピードを上げた。

道は、三角形の敷石がぴったりと組み合わされた舗装路だ。

大きな木が街路樹として並び、そしてその向こうに、三角の尖《とが》った屋根が波のように重なる街並みが見えてくる。

この世界に「ほころび」ができていなかったら、さぞかし美しい景色なんだろうと思うけれど、空は赤茶けてどんよりとし、木々は枯れ、家々の上にも重苦しい空気がたちこめているように思える。

道を走り抜ける僕たちを、人々が驚いた顔で見送っている。

ちらりと見えるだけだけれど、髪の色は暗い色が多く、背が高くて顔立ちの整った人が多い印象だ。

服装は、アグワンや城の人々に比べると簡素な印象だけれど、やはり前合わせで帯を締める長い服が基本で、人々の視線は、僕の服装に驚いているようにも感じる。

何しろ……休日で、チノパンに無地の長袖《ながそで》シャツという普段着のままだ。

異世界に来るのなら、せめて自分の世界の服装としてもうちょっとましなものを着てくればよかった、などと考えているうちに……

馬は街を抜け、農地らしい草地に入った。

植物が枯れているので、畑なのかなんなのかよくわからない。

そして向かっている真っ正面に、例の亀裂——「ほころび」がある。

ほころびは、草地の真ん中に、空から突き刺さるようにして存在していた。

剣や弓矢を持った、兵士らしい男たちが、少し離れたところを半円形に守り、その周囲を不安そうな顔をした人々が遠巻きにしている。

兵士たちの手前でアグワンは馬を止め、ひらりと飛び降りた。

「これは、摂政王子」

「少し、守りの輪が外側に寄ったのではないか？　どうなっている？」

「吸い込む力が強くなって、馬が一頭飲まれましたので、我らも遠ざかりました」

アグワンが兵士の代表らしい男と話をしている間に、エズルが僕を馬から助け下ろしてくれる。

「ユーキ」

アグワンが僕を振り向いた。

「これがほころびだ。近付くと飲まれるので、民が不用意に近付かぬよう兵に守らせているのだが、お前は何かを感じるか」

「え……」

僕は、改めてほころびを見た。

地面に突き刺さっているように見えるほころびの端まで、ここから百メートルくらいあるだろうか。

その紺色の亀裂の向こうに僕の世界があると言われても信じられない。

そして見つめていると胸が妙にざわざわとして、なんとも言えない不安感が押し寄せてくる。

「なんだか……怖い、感じがします」

「底なしの虚無に面しているような、己《おのれ》の足下が頼りないような不安感か」

アグワンの言葉に僕は驚いた。

「そうです」

まさに、僕が感じたなんとも言えない不安感を、その言葉が的確に表していたんだ。

「では、私とお前は同じものを感じているのだ」

アグワンが真剣な面持《おもも》ちで頷いた。

「これを、私とお前で塞《ふさ》いでみなくてはならないのだ、先ほどゲートを安定させたようにして」

「できる……でしょうか」

「わからない。ゲートと同じ性質かどうかもわからないのだから。だが、やってみるしかない」

アグワンの声にも、かすかな不安が表れている。

そうだ、やってみるしかないんだ。

「わかりました」

「もう少し、ぎりぎりまで近寄ってみよう」

アグワンがそう言って一歩踏み出し、僕もその後に続こうとした。

そのとき——

「こら、近寄るな!」

「異世界からの客人に、どうぞ祝福を!」

「通してください、お願いします!」

人々がざわつくのがわかって振り向くと、一人の老人が兵たちの制止を振り切って僕に近寄ろうとし、止めようとする兵たちを、「まあいいじゃないか」と数人の男たちが邪魔しているのが目に入った。

なんだろう、と思った瞬間。

兵たちの間をすり抜けた老人が、老人とは思えないような速さで僕に向かって走ってきて……懐《ふところ》に入れた手に、きらりと光るものが見えた。

短剣。

そう理解したときには……まるでスローモーションのように、短剣を構えた老人が僕に向かって真《ま》っ直《す》ぐにその切っ先を向け、体当たりするように僕の胸めがけて突き立てようとし。

僕が驚きのあまり動くこともできずにいると、その僕の肩をぐいと摑んで押しのけたアグワンが、僕と切っ先の間に立ちふさがった。

アグワンが手を伸ばして短剣を摑もうしたけれど一瞬遅く。

「う!」

短剣が何かに突き刺さる鈍い音と、アグワンの呻《うめ》き。

ほとんど同時に、兵士たちが男に飛びかかって取り押さえ——

アグワンが、がくりと地面に膝《ひざ》を突いた。

「あ……アグワン!?」

僕はぎょっとしてアグワンの前に回り込んだ。

「……大丈夫だ」

低く呻くように言ったアグワンの顔から、みるみる血の気が失《う》せていく。

そして、片手で押さえた腹のあたりに、赤黒い染みが広がっていく。

「摂政王子！」

駆け寄ったエズルが叫ぶ。

アグワンが……アグワンが、刺されたんだ！　それも、僕を庇《かば》って！

「アグワン、大丈夫ですか、どうしよう、僕のせいで……！」

アグワンは、前のめりになりながらも、僕を見て片頬《かたほお》でにっと笑った。

「大丈夫だ、これしき。だがこれで、お前が私の命を救ってくれた借りが返せたな」

僕がアグワンの命を救ったりしただろうか？

あ。そうだ、セキセイインコ姿のアグワンが、猫に襲われかけたのを、僕が。

でも、僕はそのために命を賭《か》けたりはしなかった。

手にちょっとしたひっかき傷を負っただけだ。

なのに、アグワンは……！

「ユーキどの、失礼いたします！」

エズルが僕を押しのけるようにして、アグワンの腹部を布にぎゅっと押しつけ、自分の帯を解いて押さえる。

「上着を広げて摂政王子を乗せろ！　誰か、一番近い家から荷車を持ってきて馬に繋げ！　犯人は取り押さえたな？　厳重に城まで連行しろ！　三名、ユーキどのを守れ！」

指示を出すエズルの顔も真っ青になっている。

アグワンは固く目を閉じ、唇を引き結んで、ぐったりとしている。

この世界の医療はどの程度のものなんだろう？

刺されたアグワンを助けることができるんだろうか？

医者に診《み》せるのが間に合うんだろうか!?

どうしよう。

アグワンが死んでしまったら。

そう考えた瞬間、僕は心臓がひきちぎられるような痛みを覚えた。

失いたくない。失ってはいけない。僕は、この人をまだ得てもいないんだ……！

えにし。運命。

アグワンの言葉が頭の中でぐるぐるする。

あの言葉は、僕にとって真実を表している。

この人は、僕にとって本当に特別な存在なんだ。そう、強く思ったとき。

荷車に乗せるために数人がかりで地面から持ち上げられたアグワンが、その刺激でか、低く呻いたのが聞こえた。

「ユーキどのを呼んでおられます」

兵の声に、慌てて駆け寄ると。

「……なんという顔をしている」

血の気の失せた顔で、アグワンがにやりと笑ってみせる。

「私は死にはせぬ。だが、私にお前の力をくれるつもりがあるのなら……口付けを」

口付けを。

僕の脳裏《のうり》に、前回、別れ際にされた濃厚なキスが蘇った。

わけがわからなくて、恥ずかしくて、無意識に考えまいとしていた、あのキス。

けれど……僕とアグワンが「念」を重ね合わせることができると知った今、あれは二人の特別な関係を意味づけるものだったんだとわかる。

僕が口付けることで、アグワンの力になれるのなら。

僕は躊躇《ためら》うことなく、アグワンの唇に自分の唇を重ね……その唇が冷たいと感じる。

すぐに顔を離すと、アグワンはふっと微笑み……そのまま再び意識を失って。

「急げ！　城へ！」

エズルの声で、荷車を引いた馬は城に向かって歩き始めた。

「ユーキどの！」

アグワンが医師に処置されている部屋の前にへたりこんでいる僕のところに、アルカが駆けつけてきた。

「ああ、アルカ、アグワンが……！」

「ユーキどのにお怪我《けが》は？」

アルカにとっても大事な兄であるアグワンのことより、まず僕を気遣ってくれる気丈さに、僕ははっとした。

僕より年下の少年だけれど、王族として、第一神官としての振る舞いを知っているんだ。

気遣わせてはいけない、僕もちゃんとしなければ。

「僕は大丈夫、なんとも」

「よかった。下手人《げしゅにん》は今取り調べています。どうやら裏に何か政治的な陰謀がありそうで、ユーキどのを巻き込んでしまい、申し訳なく思っています」

アルカが頭を下げる。

そういえば、下手人……短剣を持った男は、間違いなく真っ直ぐに、アグワンではなくて僕を狙ってきた。

どうして僕を……異世界からの侵入者だからだろうか、快く思わない人間がいるんだろうかと思ったけれど、そういう感じでもないいんだろうか。

でもそれより、

「アグワンは……」

「兄上は大丈夫です、絶対に。兄上の命の波動は、弱々しくはありますが、消えてしまうような感じはしません」

アルカはきっぱりと言う。

そういえば、僕の世界でアルカを捜すとき、アグワンにはアルカの気配が……方向や距離などが感じ取れると言っていた。

「兄弟だから、わかるっていうこと？」

だから、アルカには「大丈夫」という確信があるんだろうか？

「兄弟だから……もちろんそうです。でも、ユーキどのにもわかるのでは？」

アルカがじっと僕を見つめた。

「え……？」

「近い血縁の者は、相手の念や気を感じ取れます。けれどそれ以上に、互いの想いが通じ合っている特別な存在なら、もっと直接に心を通じ合わせることができるはずです。ユーキどのの世界では違うのですか？」

僕の世界では……そうじゃない、いやでも、そういうこともあるかもしれない。

アルカも僕のことを、アグワンにとって特別な存在だと言うんだろうか？

でも、僕も確かに、アグワンと僕の間には何かがあると感じている。

アルカが僕の手を、そっと両手で包んだ。

「お手伝いします。兄上のことを想ってください。兄上を感じようとしてください」

アルカが静かに、厳かにすら思える声で言った。

僕は目を閉じる。

アグワン。アグワンの……扉の向こうにいる、アグワンの、心。

触れ合った手を通じて、アルカがそっと、僕の心をひとつの方向に押しやったように感じた。

そう、その先、そこに……。

『ユーキか』

アグワンの声が聞こえたような気がして、僕ははっとした。

「そう、そのまま……兄上を励まして、力づけて」

低いアルカの声。

アグワン……アグワン、僕はここにいます。どうか死なないで。

僕のもとに戻ってきて……！

必死でそう願うと……

『当たり前だ』

アグワンが苦笑したような気がした。

『こうしてお前と心が通じたのだ、戻らなくてどうする。だが……今は少し……休まなくては。ゲートの問題を……頼む』

ゆっくりと、アグワンの気配が僕から離れていく。けれどそれは、穏やかな離れ方だった。

扉の向こうに足音が聞こえてはっと目を開けると、扉が開いて、医師が出てきた。

細面で知的な顔つきの男だ。

「医師どの、兄上は」

アルカが尋ねると……

「大丈夫です」

医師は頷いた。

「傷は内臓を逸れておりました。それに、摂政王子はもともと鍛えておいでで体力もおありだ。傷を縫い、化膿《かのう》止めの薬草を当ててあります。薬でお眠りいただいていますが、お目覚めになれば、二日ほどで椅子《いす》にお座りいただくこともできましょう」

力強い説明に、僕とアルカは顔を見合わせ……

「よかった……！」

同時に、ほうっと言葉を吐き出した。

アグワンは助かったんだ。

「顔を見ることができますか？」

僕が尋ねると、医師は頷く。

僕はアルカと一緒に、そっと部屋に入った。

薄暗く明かりを落とした部屋の中央に寝台があって、医師の助手のような感じの若い男が、布団《ふとん》をかけているところだった。

目を閉じたアグワンは、顔色は青白いけれど、苦痛もなく穏やかに眠っているように見える。

早く、よくなって。

そう願いつつ、僕はさっき聞こえたように思ったアグワンの声を思い出した。

ゲートの問題を、頼む、と。

そっと部屋を出ると、僕はアルカに尋ねた。

「ゲートのことはどうなってるの？」

「そのことなのですが」

アルカの顔が曇った。

「神殿においでいただけますか」

もしかしてまた、ゲートが不安定になったとか……閉じてしまったとか……？

不安に思いながら神殿に入ると、老師と数人の神官が何か真剣な顔で話をしていて、その傍らにあるゲートは、かたちも変わらず、振動もせず、どっしりとそこに在った。

ゲートの周りで何か、測定のようなことをしていたらしい神官たちが、無言で頭を下げて隅に下がり、老師だけが僕たちとともに、そこに残る。

「変わりないように見えるけど……」

「ゲートそのものは安定しております」

老師が頷き、アルカが僕に尋ねた。

「ユーキどのは、私がこちらに戻ったときのことを覚えておられますか？」

「もちろんです」

塾のゲートからこちらに戻って、僕もうっかり来てしまって……挨拶《あいさつ》に現れたアルカが少年で、アグワンの弟だったことに驚いたけれど……とにかくアルカは疲れているようで、支えられないと歩けないほどだった。

「実は私、あのあと、二月《ふたつき》寝込んだのです」

「え……？」

そんなに？

アルカは大人びた雰囲気で眉を寄せ、ゲートを見やる。

「あのとき、私だけが身体を壊しました。その原因はどうやら、私だけが、出て行ったのと違うゲートから戻ってきたからだったようなのです」

確かに、アルカはどこかわからない他のゲートから僕の世界に来た。

アルカだけ、僕と言葉が通じなかった。

違うゲートから戻るということは、そんなに身体に負担がかかるものなのか。

「そしてどうやら、出て行ったのと違うゲートをたった一人が通っただけで、ゲートにかかる負荷が大きかったこともわかりましてな」

老師が言葉を添えた。

アグワンや老師をはじめ、ゲートを研究している学者たちによってわかったことなのだろう。

「それで……大きな問題がありましてな」

老師は顔を曇らせる。

「あのほころびから、ユーキどのの世界に行ってしまったものは、三十人以上いると思われます。その全員を、ここから……ユーキどののゲートから戻そうとすると、どうやらゲートはその負荷に耐えられないようでしてな」

「え……？」

僕は驚いて、老師とアルカを交互に見た。

「耐えられない……壊れてしまう、ということ？」

「はい。どうやら、ユーキどののお作りになったゲートの大きさや、材質の安定度などが関係しているのだと思うのですが」

なんてことだろう。

もっと固い、安定したもので作っておけば、もう少し状況はましだったのかもしれないんだ。

どうして、文房具だの保冷剤だの、そんなものでしかゲートを作れないんだろう、僕は！

「じゃあ……向こうに行った人たちは」

「今のままでは、こちらの世界には戻れない、ということになりますな」

老師の言葉に、僕は呆然とした。

戻れないと……みんな、鳥の姿のまま、僕の世界にいるしかなくなる。

それも、フラミンゴとか鷲《わし》とか、東京には野生でいるはずのない大型の鳥が多い。

今だって人々の注目を浴びてしまっているのに、戻れなかったら彼らは……下手したら、捕まって……どんな目に遭うか。

「出て行ったのは、ほころびからですよね？　あそこから戻るわけには？」

「ほころびは非常に不安定で、彼らが出て行ったあちらの出口と、安定して繋がっているわけではないようでしてな。だからこちらで……たとえば、摂政王子とユーキどののお二人でなんとかほころびを抑え込み、同時にあちらの世界で誰かが、出て行ったのと同じ出口に誘導できればいいのですが」

老師は難しい顔で首を振った。

「何しろ向こうに行ってしまったのはゲートのことを知らない平民たちばかり。前回のアルカさま救出に加わっていた近衛もおりますが知識のない地位の者で、ゲートと、向こうの世界のことを同時に知っている者がおりませんでな」

だったら僕が向こうに戻って、と言いかけて思いとどまる。

僕はこちらで、ほころびを「抑え込」まなくてはいけない。

僕は頭の中を必死で整理した。


ほころびは一刻も早く塞がないと、この世界が消滅してしまう。

けれどその前に、向こうに行った人々を戻さないといけない。

そのためには、僕とアグワンがほころびを抑え込み、他の誰かが向こうでゲートを探して、鳥たちを誘導しなくてはいけない。

向こうとこっちの、時間の流れの違いもある。

そんな……どうすればいいんだろう。

せめて、向こうに僕がもう一人いればいいのに
——！

「お知恵をお借りしたいと思います。ですが今は、お疲れもあるでしょう。兄上が目を覚まされるまで、ひとまずお休みを」

アルカの言葉に、一瞬「そんな悠長な」と思ったけれど、僕の世界との時間差を考えればまだ猶予はあるのかもしれない。

めまぐるしくさまざまな出来事が起きて、ふいに

どっと疲れを感じ、僕はありがたくその申し出に従うことにした。

三日ほど経ち、僕は身の回りの世話をしてくれる少年に「玉座の間までお越しを」と呼ばれた。

さすがに着た切り雀《すずめ》ではいられなくて、この世界の衣服を借りていたけれど、洗濯してもらっていた動きやすい自分の服に着替えて、少年についていく。

「玉座の間って……王さまがいらっしゃるの？」

僕は尋ねた。

アグワンが摂政王子ということは、その上に王さまがいるんだろうと考え、歩きながら僕が尋ねると、少年は首を振った。

「聖王陛下《せいおうへいか》は、もう長いこと臥《ふ》せっておいでです。実質、即位なさっていないだけで、この国を治めておいでなのは摂政王子なのです」

その声に、アグワンに対する畏敬《いけい》の念が溢《あふ》れているのがわかる。

そうなんだ。

ひとつの国を治めるだけでも大変だと思うのに、ゲートやほころびの問題まであって、アグワンはどれだけの重荷をその肩に負っているんだろう。

導かれた部屋は縦に細長く、よく見ると、入り口を底辺にして奥が頂点になっている、巨大な二等辺三角形だった。

その頂点を背にして、数段上がったところに……たぶんこれが玉座であろう天蓋つきの大きな木の椅子が置かれていて、背後には、正三角形の大きなステンドグラスのようなものが天井から下がっている。

一段下がったところに、もうひとつ、玉座より少し小さいけれどやはり立派な椅子がある。

一目で、ここはこの国の、とても重要な儀式の場だとわかる。

そして部屋の両側に、ずらりと人々が居並んでいた。

案内の少年に変わって、神殿で見覚えのある神官の一人が、僕を玉座のすぐ下に導く。

そこには、他のアルカや他の神官もいて、僕に向かって無言で頷いた。

老師もいる。

なんだろう、これからここで何があるんだろう。

からっぽの玉座の意味は……と思ったとき、ふっとどこかから、馴染《なじ》みのある気配を感じた。

はっとして入り口を見ると、扉の脇に控えていた兵たちがさっと背筋を伸ばし……

そして、ゆっくりと杖《つえ》を突きながら入ってきたのは。

アグワンだ!

もう起きて、歩いて、いいんだろうか!?

安静を妨げてはいけないと思って、見舞いに行きたい気持ちをぐっと堪《こら》えていたのに。

杖を突いているとはいえ、ゆっくりとした足取りは重々しく威厳すらあって。

僕と目が合うと、にやりと自信ありげな笑みすら浮かべてみせる。

僕は……僕は、なんだか胸がいっぱいになって、ただただアグワンを見つめた。

人々の視線もアグワンに釘付《くぎづ》けだけれど、誰も口をきかないので、僕もとにかく黙ってアグワンを見守った。

アグワンはゆっくりと壇上に上り、玉座の傍らに置かれていた椅子に腰を下ろした。

「皆の者、心配をかけた」

アグワンの力強い声が部屋に朗々と響いた。

その声を聞くと、もう大丈夫なんだ、療養の必要はあるかもしれないけれど、命は助かったし、驚くほどの早さで快復に向かっているんだと、はっきりわかる。

「さて、前置きははぶこう、やらねばならないことが山ほどある。私が刺されたのは、私の、そしてこの世界の大切な客人であるユーキを殺そうとした者のせいだ。下手人の背後を探った結果、思いがけない人物が裏にいたことが判明した」

黒幕がいた、ということ……?

全員が固唾《かたず》を呑《の》んでアグワンの次の言葉を待ち受けていると……

居並ぶ人々の中で、かなり玉座に近い位置にいた一人の男が、そろりと後ずさりして……いきなり駆け出して部屋を出ようとした。

「止めよ!」

アグワンが叫ぶまでもなく、近衛兵が数人がかりで男を押さえ込む。

アグワンよりも少し年上に見える小太りの男は、神殿で見覚えがある。

「離せ! 私を誰だと思っている! 無礼者!」

「誰だ、と言うのか」

アグワンが冷たく尋ね返し……

「アタ、我がいとこよ」

言葉とともに、冷たい視線で真っ直ぐに男を見る。


ええと……「あ」がつく名前、ただし二文字、傍系の王族……って感じだろうか?

アグワンの前に引き立てられたアタに、アグワンは少し身を乗り出した。

「ユーキになんの恨みがある。なぜ命を狙った」

厳しい声が空気を震わせ……アタは俯《うつむ》いて唇を噛《か》み締めていたけれど、やがてきっと顔を上げてアグワンを睨《にら》みつけた。

「王家の血筋に生まれて、王位を望むのがおかしいか!」

開き直ったようにそう叫ぶ。

「初代聖王からの血筋の近さは変わらない。なのにお前は若くして摂政王子となり、四文字名まで賜《たまわ》った。だが、今この世界のありさまはどうだ? お前がゲートなどに手を出したせいで、この世界は荒れ果てている。これは、摂政王子、お前の徳のなさが招いたことだ!」

激しい非難の言葉にも、アグワンは顔色ひとつ変えなかった。

「それについては言い訳すまい。だが」

冷ややかで厳しい声音。

「ユーキを狙ったのはなぜだ？」

するとアタが、僕の方を見た。

忌々《いまいま》しげな瞳で。

「その者がいれば、摂政王子はほころびを塞ぎ、世界を安定させてしまう。摂政王子を追い落とすには……邪魔だったのだ。王族を殺せば死罪だが、ただ異世界の人間というだけならば取り替えがきく、死罪にはできまい」

「愚か者！」

アグワンの声がぴしりと空気を鞭打《むちう》った。

「ユーキは王族以上に無二の存在なのだぞ！　ユーキがいなくなれば、ほころびは塞げない。お前はその意味がわかっているのか！　この世界は滅びる。お前が摂政王子となり、やがて聖王となることをもくろんでいても、その治める世界すらなくなってしまうのだぞ！」

アタの顔が……ゆっくりと、疑わしげなものに変わる。

「そ……そんなはずはない。俺が摂政王子となってゲートを支配し、別な神官をあちらの世界から連れてくればすむことだ」

「神官などいない」

アグワンはきっぱり言った。

「あちらの世界は、こことは違う。ゲート学もなければ神殿もなく、神官もいない。ユーキはゲートを作れるあちらで唯一の人間だ。そもそもお前に、私と同じようにゲートを理解できているとも思えないがな」

「神官が……いない？」

アタが愕然《がくぜん》と繰り返した。

「神官がいない……神殿もない？　そんな世界が存在するわけが……」

「ないんです」

たまらなくなって、僕は思わず口を挟んだ。

「僕の世界には、神殿も神官もない。僕がゲートを作れたのだって偶然なんです。僕以外にももしかしたら作れる人間がいるかもしれないけど、そんな人を探している間に、この世界は消滅してしまいます……！」

世界が違えば常識も違うんだと、このアタは知らなかったんだ。

摂政王子と、異世界でゲートを作った人間がいれば、ほころびを塞げると考えたんだ。

自分が摂政王子になればそれができると。

僕だって、この世界の常識のことはよくわからない。アタが摂政王子の座を狙い、取って代われると思ったのなら、それは可能なのかもしれない。

アグワンの地位は、僕が思っていたほど盤石《ばんじゃく》じゃないのかもしれない。

でも、これだけはわかる。

僕とアグワンじゃなくちゃだめなんだ。

実のところ、僕に何ができるのか、まだ不安だし疑わしいとも思っているけれど。

でもアグワンと二人でなら、きっとこの世界を救う方法が考えられるはず。

「こんなことで争っている時間はないはずなんです！　僕はこの世界を救う手助けがしたい。だから」

そもそもこんなことをしている場合じゃない、と言おうとしたとき。

ぴりりりりり、という軽《かろ》やかな電子音が鳴り響いた。

聞き覚えのあるような……でも、この場で聞くにはあまりにも違和感がある、音。

居並ぶ人々も、アグワンも、驚いたように顔を見合わせ、そして僕の方を見る。

ええと……音が出ているのは、僕？

僕ははっとした。

慌ててポケットに手を突っ込む。

ずっとそこに入れてあった、スマホ！

衣類を洗ってもらう間は出してあったけれど、自分の服を着たらまた習慣でポケットに入れてあったもの！

着信だ。

信じられないけれど……ちゃんと電波が入っていて、是永から電話がかかってきているんだ。

ど、どうしよう。

「ユーキ、どうした、それはなんなのだ」

アグワンが僕に尋ねる。

「ええと……僕の世界から……電話、通信、ええと。とにかく友人から連絡なんです」

切るべきだろうかと思った瞬間、僕の頭にある考えがよぎった。

せめて、向こうにもう一人、僕がいればいいのに、と。

こっちでほころびを抑えつつ、あっちに行ってしまったゲートについてよく知らない人々を、なんとか出て行った場所に誘導してくれる人がいれば、と。

だったら。

僕は急いで電話に出た。

「もしもし、是永!?」

「おう、阿久津《あくつ》」

のんびりした是永の声が、今この状態で聞くにはおそろしくシュールだ。

「今どこにいんの？　この変なオブジェ、とりあえずドライアイスで囲んだけど」

そうか。向こうではようやく、是永がうちに来てくれてゲートを保全してくれたところ。

「あの、変なことばかり頼んで申し訳ないんだけど、お願いがあるんだ」

「頼まれついでだ、今日は暇だし。何？」

「ええと、ちょっと待って」

僕は、いったい何が起きたんだという顔で僕を見ているアグワンに言った。

「友達に助けてもらえると思うんです。誰か、向こうに行ったことのある……そうだ、エズルを、今すぐゲートの向こうに送れますか？」

「つまり、何か策があるということだな」

即座に反応したアグワンはさすがだ。

「よし、エズル、ただちに神殿からあちらへ向かえ。アルカ、ともに行ってゲートの見守りを」

「は！」

「はい！」

エズルとアルカが駆け出していく。

その間に、アグワンはアタをどこかに「片付けておく」ように命じて。

僕はもう一度スマホを耳に当てた。

「是永、今からそこに、ピンク色のインコが出現すると思うんだ」

「ピンクの？　モモイロインコか何か？」

「種類はよくわからないけど、とにかくその鳥は喋《しゃべ》るんだ」

「喋る？　物まねインコ？」

「じゃなくて、会話ができるんだ！」

「……へえ……」

是永の戸惑った様子が伝わってくる。

けれどすぐに、

「おわ！」

びっくりした声が電話越しに聞こえてきて。

「ユーキどののご友人か！　私は近衛隊長エズルと申します」

甲高いインコの声でエズルが言うのが聞こえた。

「え？　何、喋るってそういうこと!?」

「そうなんだ！　その三角は異世界と繋がっていて、僕はこっちに来ている。エズルはこっちの世界の人間なんだ。あの、珍しい鳥がたくさん出現してるのは、全部こっちの人間なんだ！　それで、みんなをこっちに戻す手助けをしてほしい。早くしないと大変なことになるんだ！」

僕が一気に言うと、是永が深呼吸するのがわかった。

「……この電話は異世界と繋がってるって……？」

「僕がどうかしていると思うなら思ってくれていい。とにかくエズルと一緒に外に出て、鳥たちと一緒に、だいたいの出現地点に行ってほしいんだ」

必死にそう言うと、電話の向こうでエズルの声が聞こえた。

「ご助力をお願いします。我々の世界の危機なのです。ユーキどののおっしゃるとおりに！」

「あー……う、わ、わかった、とにかくじゃあ、外に……電話切らない方がいい？」

ええと……もし一度切れて、二度と繋がらなくなったら困る。

「うん、このままお願い！」

「了解。じゃあ、ええと、エズルくん？　行こうか」

ピンクの中型インコなのでなんとなく「くん」なんだろうけど、本当は髭《ひげ》を生やした強面《こわもて》の近衛隊長だと是永が知ったら……と、一瞬笑いたくなるけれど、そんな場合じゃない。

「かたじけない！　では！」

移動の気配に、僕はほっと息をついた。

是永が何をどこまで信じてくれたかわからないけど、とにかくゲートからエズルが飛び出して、しかも会話ができるということで、何か普通じゃないことが起きているとはわかってくれたんだと思う。

「アグワン、うまくいけば向こうの出現地点から、人々が戻ってくると思います。僕たちはほころびに向かいましょう」

僕がアグワンを見ると……アグワンは何か、複雑そうな顔で僕を見ている。

「その板で、友人と繋がっている……のか？」

「はい。とにかく、急がないと」

そう言いかけて、僕はふと不安になった。

「馬とかで、移動して大丈夫ですか……？」

是永と電話が繋がったので勝手に決めてしまったけれど、アグワンは怪我をしていてまだ杖を突いているんだ。

「馬に乗る以外に、何か身体に負担の少ない乗り物はありませんか？」

アグワンは眉を寄せた。

「大丈夫だ、こんなときに怪我のことなど――」

「だめです！　無茶しちゃいけません！」

僕が思わず強く言うと、アグワンがふっと片頬で笑う。

「今無茶をしなかったらどこで無茶をしろというのだ？　この世界が危ないときに、私一人の身体を甘やかしても意味はない」

その、穏やかな口調に秘めた強い決意に、僕ははっとした。

この人は……まさにこの世界を治め、この世界を愛し、この世界に責任を持っている、実質的な「王」そのものなんだ。

そしてその自負と誇りが、彼を突き動かしている。

僕には、この人の無茶を止めることはできない……。

「そんな顔をするな」

アグワンは微笑んで僕の頰に軽く手を当てた。

「私がこの世界を救いたいと思うのは、この世界と同じように……いや、もしかしたらそれ以上に、お前が大切だからだ。お前とともにいたいからだ。まだまだお前を知り足りないというのに、この世界が滅びてしまったら、それすら叶わなくなる」

その言葉の、切ないまで真剣で深刻な響きが、僕の胸を打った。

僕だって、まだまだアグワンを知りたい。もっともっと時間が欲しい。

でも、そのためにアグワンが怪我をおして無茶をするのを見るのはやっぱり辛い。

言葉にならずにアグワンを見つめていると、アグワンはふと顔を近寄せて囁いた。

「なんだ、皆の前で口付けしてほしそうな顔をして」

「え、ちがっ……！」

僕は思わず耳まで赤くなるのを感じた。

本当にそんな顔をしてしまったんだろうか!?

アグワンは笑って僕の頬から手を離した。

「さあ、急がねば。だが、お前を支えて馬に乗るのはさすがに難しいな」

そう言うと、傍らの近衛兵を見た。

「ユーキのために、馬輿を用意せよ」

「は」

駆けだしていく近衛兵を見送りながら、僕に説明する。

「横に並べた二頭の馬に渡す輿がある。あれならお前を運べる。女乗り物だが我慢してくれ」

「え、あ、はい」

うろたえた顔をなんとか引き締めつつ、僕は頷いた。

そんな乗り物があるんだ。

もちろん、アグワンに支えてもらって一緒に馬に乗って、彼の負担にはなりたくない。

僕は馬には乗れないんだから、女の人の乗り物だろうとなんだろうと構わない。

杖を突きながらも早足で歩くアグワンとともに城のポーチに出ると、アグワンの馬と並んで輿をつけた二頭の馬が用意されていて、僕はその輿に乗り込んだ。

その間も、電話からは是永の声が聞こえてくる。

「すごいな、阿久津のアパートの周りに、フラミンゴだの鷲だのが集まってて、全部俺たちについてくる。阿久津、片手チャリになっちゃうから、電話繋げたまままちょっとポケットに入れるから。エズルくん、どっちに行けばいいの?」

「まずはあちらへ」

「うわ、空飛ぶ人たちと同じルートは無理、こっち回るから!」

なんとか、目的の方向に向かっているようだ。

そこで僕は……はたと気付いた。

時間差がない!?

僕の世界とｔｒ:ｉ世界では時間の流れに差がある

はずなのに、今は同じみたいだ。

いつ……もしかして、電話が繋がってから？

でもとにかく、おかげでリアルタイムで是永と連絡できるのはありがたい。

僕たちがほころびの前に到着すると、紺色の亀裂はこの前よりも幅を増しているように見えた。早く、これを塞がないといけない。

この間よりも厳重な警備を抜けて、僕とアグワンと二人だけでほころびに近付くと、ざわざわとした、なんとも言えない不安感がほころびから染み出てきて僕を包むように感じる。

「……お前も感じるか」

アグワンが抑えた声音で尋ねた。

「はい」

僕とアグワンは……同じものを感じているんだとわかる。

アグワンがゆっくりと僕の背後に回った。

僕の背中に、彼の広い胸が重なる。

「阿久津、なんか、着いたみたい」

電話から、是永の声が聞こえた。

「そこどこ？」

「普通の住宅街だよ。児童公園があって、マンションがあって、ちょっとお店があって」

「鳥たちが出てきたゲートのようなものがあるはずなんだ。エズルから他の人に尋いてもらえる？」

「エズルくん、彼ら、ゲートとやらがわかる？

……え？　阿久津、なんかこのあたりなんだけど、はっきり見えないって言ってる」

「アグワン、ゲートが……だいたいの場所はわかるけど、はっきり見えないそうです」

僕がアグワンに伝えると、アグワンが僕の両手を背後から摑んだ。

「ほころびを探ってみよう」

スマホを握り締めたまま、この間のようにほころびに向かって手をかざし、集中する。

背中に重なった背中から、摑まれた手から、アグワンのおそろしいほどの緊張と集中が伝わってきて……

「何か……向こうの世界に、それらしい具体的なものはないのか。何もないところにゲートはできないはずだ」

やがて、アグワンが言った。僕は慌てて電話に向かって尋ねる。

「何か、三角のものとか、ええと……ええと、たとえば『三』に関係ありそうな文字とか、ない？」

とっさに思いつくままにそう言ってみる。

「三……三……住居表示は二丁目だし……マンションの名前はプルミエールロゼ……三角屋根もないし……三角の窓もないし……店の名前は、クリーニングなかもと、福《ふく》そば……」

緊張して是永の言葉を聞いていた僕は、はっとした。

「クリーニング店がある？　看板になんて書いてある？」

「立て看板に、ドライクリーニン……」

「それだ！」

思わず僕は叫んだ。

ドライ。ドイツ語の三、ｄｒｅｉと発音が似ている。

何しろ、ｔｒｉと鳥で誤変換が起きたくらいだ、何かそういう類《たぐい》の……なんだろう？

「ドライのあたりに、三角はない!?」

「ちょっと待って、あ！」

「何!?」

「ドライって文字の横、クリーニング店のマスコットキャラみたいなのが書いてあるんだけど……その上にゴミが張り付いてるんだ。ビニールシートの切れ端みたいなの。ちょっと待って、手が届きそうなんだけど……」

僕は心臓がばくばくしてくるのを感じながら、待った。

その「ドライ」の字の横にあるマスコットキャラ、

ビニールで隠れた部分に三角の何かが書いてあるんだとしたら……！

「あ！　あった！　服の模様が三角――うわあああ！」

是永の叫び声が聞こえると同時に。

ほころびから、人々が飛び出してきた！

次々とわき出るように姿を現して、草地の上に転がる。

アグワンがその人たちに駆け寄った。

「大丈夫か、みな、怪我はないか」

走るだけでも相当な痛みがあるはずなのに、そんな顔はみじんも見せずに、脇腹を怪我しているのと反対側の手を、次々に人々に差し伸べ、助け起こす。

「これは……摂政王子！」

「アグワンさま！　私たちは戻ってこられたのですね……！」

人々が驚きと感動の面持ちでアグワンを見つめた。

「まだ危険が去ったわけではない。急げ、走ってここから離れるのだ」

アグワンが手を振ると、駆け寄ってきた兵士たちが人々を抱きかかえるようにして、とにかくほころびから遠ざける。

「阿久津、鳥が全部吸い込まれてった！　すごいな、これでいいの!?　エズルくんだけ残ってる」

「うん！　ありがとう！」

そう答えながらも、僕は、いきなりほころびが収縮しはじめたように感じてはっとした。

なんだろう……こっちの世界が「吸い込まれる」感じが強まったような。

物理的な吸引力じゃなくて……そう、これが「気」ってものだろうか、すべてがそちらに引き寄せられて消えていきそうな……

とにかく、一刻の猶予もならないということがわかる。

「ユーキ、私と心を合わせよ」

アグワンが言って僕の手を背後からまた摑み、手の甲に彼の手を重ねて指を絡める。

スマホが足下に落ちたけれど、拾っている場合じゃない。

「ほころびを閉じるのだ！」

アグワンの声に……僕はきつく目を閉じて、ほころびに向けた掌《てのひら》に意識を集中した。

僕に何ができるのかわからない。けれどアグワンがいる。アグワンがわかっている。僕とアグワンが心を合わせれば可能なことがあるんだと。

僕の心に、アグワンがイメージしているものがゆっくりと入り込んでいた。

ほころびを……閉じる。

紺色の亀裂、空から地面に突き刺さっている亀裂を……一番下、一番細い部分から、閉じる。

そう、ファスナーを閉じるみたいに。

僕の中に、巨大なファスナーのイメージが閃いた。

そのファスナーの、スライダーの引き手部分を、イメージの中で摑もうとする。

つるつる辷《すべ》って摑めない。でも、これをなんとか摑んで……

と、一瞬戸惑っていたらしいアグワンの心が僕の心に重なり、引き手を一緒に摑んだように感じた。

しっかりと。

それを……上げる。持ち上げる。

渾身の力を込めてもびくともしなかったそれが……やがてじわりと動いた！

上げるんだ！

ぐっと、さらに力を込めると……アグワンの力も加わって、ゆっくりとイメージの中の引き手が上がり、ファスナーが閉じていくのがわかる。

そう。そのまま……上まで……！

紺色の亀裂が、閉じていく。下から、上に。

空高く……一番上の部分まで。

そして、亀裂が完全に閉じた、と感じたとき……

僕はおそろしい疲労感に飲み込まれて、そのまま意識を失った。

目を開けると、そこにアグワンの顔があった。

「え……あ?」

何がどうしたんだろうと瞬きすると、アグワンがほっとしたようににやりと笑う。

「ようやく目を覚ましたな。永久に眠り続けるのかと思ったぞ」

「僕……?」

ほころびを、アグワンと心を合わせて閉じて。そのまま……記憶がない。

「疲れたのだ、『気』を使って」

アグワンが、僕の顔に浮かんだ疑問を読み取って説明してくれる。

「こちらの世界でも、修練を積んだ者でなければ、念や気を使うことは難しいし、慣れないうちは肉体的な疲労も大変なものだ。それを、お前のような……これまで念や気についてよく知りもしなかった人間が、あんな大仕事をしたのだ、疲れて当然だ」

ふっと優しく目を細め、僕の額に手を当てる。

「熱もない、目覚めればすっきりしているだろうと医師が言ったが、どうだ?」

そう言われてみると、本当によく眠ったあとのようで、すぐにも起きられそうな感じ。

「それよりも、アグワンの怪我は……?」

「あれから三日も経ったのだ、もう普通に動ける」

そうか、やっぱりアグワンの快復力はすごい、たった三日で……

三日!?

僕はがばっと起き上がった。

「僕は三日間寝ていたんですか!?」

「そうだ」

アグワンが頷く。

なんてことだろう。是永と電話が繋がって、あっちとこっちの時間差がなくなった。

その状態で三日間……つまり僕は塾を無断欠勤し

てしまったことになる！

「仕事……戻らなくちゃ……」

慌てふためいてベッドから降りようとする僕を、アグワンが片腕で押さえ込んだ。

「落ち着け。エズルが、つい先ほど戻った」

「エズルが戻ったからって、僕の仕事は……」

言いかけて、はたと気付いてアグワンを見る。

「ついさっき……？」

「そうだ。ほころびから出て行った者たちが戻り、それからエズルはすぐにお前の部屋に戻って、ゲートに入ったのだ」

だったら、向こうでは時間にして、一時間も経っていないはず。

ということは……？

もしかして電話が繋がっている間だけ、時間がシンクロしたんだろうか……？

だとしたら、僕はまだ休日に「いる」わけだけれど。

僕は慌ててスマホを探した。

「僕のスマホ、あの……是永と話していた、機械は」

「これか」

アグワンは傍らの小卓に載っていたスマホを取り上げたが、僕がそちらに手を伸ばすと、さっとスマホを持った自分の手を遠ざけた。

「あの、アグワ……」

「どういうことなのか、聞かせてもらおう」

アグワンの声がなんだか険悪な雰囲気になり、瞳が物騒な光を帯びる。

「え？」

「お前は、私と心を通じ合わせたはずだ。なのに、あのコレナガという男とも、ゲートのあちらとこちらで心が通じるどころか直接会話ができる。私よりも強い絆《きずな》で、コレナガと繋がっているのか。お前は私のものだと思ったのは間違いだったのか」

「ちょ、ちょっと待って……」

何からどう反論すればいいのか。

「僕が……あなたのもの……って……」

「お前の世界では、自分のものにする意思もない相手に口付けをするのか!?」

アグワンの険しい声に……僕は思わず真っ赤になった。

口付け。キス。

僕が前に自分の世界に帰ろうとした別れ際の、忘れたくても忘れられない濃厚なキス。

そして……僕を庇って刺されたアグワンに、僕がしたキス。

もちろん、僕はその……衝動的とはいえ、アグワンに対して特別な気持ちを持ったからこそ、あのキスをしたわけで。

そして「自分のものにする」という言葉が特別な……恋愛感情を示すものなんだとしたら、僕はそんな自分の気持ちに戸惑いつつも、認めるしかないような気がする。

そう。

僕はアグワンが……好きなんだ。

横柄で高飛車なセキセイインコとして出会ったアグワンが、実は異世界の摂政王子で。

彼を知るにつれて、その横柄さの陰に、男らしさや、世界を救わなくてはという義務感の強さや、強引で不器用ながらも直截《ちょくせつ》に表してくれる優しさがあるのがわかった。

そんな彼が死ぬかもしれないと思ったときに感じた胸の痛み、失いたくないという切なさ、助かると知ったときの嬉《うれ》しさ。

そして「心を重ね合う」ことで感じた、僕と彼の絆の強さのようなもの。

他の誰とも、あんなことができるとは思えない。

恋愛経験のない僕でも、それが他の誰にも抱いたことのない特別な気持ちなんだと……僕は気がついたらアグワンを好きになっていたんだと、それくらいはわかる。

でも。

「アグワンは、僕のことを……好きなんですか？　どうして……？」

「どうして、だと!?」

アグワンが、呆《あき》れかえった口調で尋き返す。

「ゲートの存在も知らなかったのに、突然現れた……しかも情けない小鳥の姿の私の言うことを信じてくれたお前を好きなのは、どうしてか、だと？　誠意と熱意と優しさを持って弟子《でし》を導く師であるお前を好きなのは、どうしてか、だと？　私の命を救い、自分の身を危険にさらし、自分の世界での立場を危うくしてまで私を助けてくれたお前を好きなのは、どうしてか、だと!?　私の命を惜しんで心を痛め、私を信じて心を預けてくれたお前を好きなのは……どうしてか、だと!?」

アグワンの声はだんだん怒りのボルテージが上がっていくようで……でもその内容はどうやら熱烈な告白で、聞いている僕はどんな顔をしていいのかわからなくなる。

僕のことを買いかぶっているように思える部分もあるけれど。

でも……でも……

彼の怒りそのものが、彼の僕への気持ちを何より率直に表しているとわかる。

僕はなんだかじわじわと、心の内に温かく切ないものが溢れてくるのを感じた。

「アグワン……アグワン」

僕はさらに言い募ろうとするアグワンの腕に触れた。

ぴたりと言葉を止めて僕を険悪な目で見つめるアグワンがなんだか可愛《かわい》くすら思えて。

あの、ふんぞり返った小さな可愛いセキセイインコを思い出す。

あのインコの正体であるこの人を、僕は。

「嬉しいです。僕も、あなたが好き……です」

恥ずかしさを押しのけて、思い切ってそう言うと……

表情を和らげてくれるかと思いきや、アグワンは突然瞳に凶暴ないろを浮かべ、僕を抱き寄せると、真上から押さえつけるように深々と口付けた。

強く唇を押しつけられ、すぐに合わせ目を割って舌が入ってくる。

乱暴に舌を絡められ、きつく吸われ、耳の付け根がつきんと痛んで、激しすぎると思いながらも、必死で彼に応《こた》えようとしている自分がいることに驚いて。

「んっ……ん」

思わず洩れた甘い声にぎくりとしたとき。

アグワンが顔を離した。

けれどその目は……まだ何か……怒ってる……？

「私を好きだと言い、私の口付けにこのように応じながらも、お前は私以外の人間とも心を通じ合わせている。お前の世界では当たり前のことなのか？　私はコレナガとやらと、お前の愛を分かち合わなければいけないのか？」

いや怒っているというよりは、傷ついたような、切なげな声。

でも、ちょっと待って。

是永って……ああ、電話の誤解をまだ解いていない！

「違うんです！」

僕は必死に言った。

「これは電話といって、誰とでも、相手の番号を知ってさえいれば会話をしたり、文章を送ったりすることができる、便利な機械なんです。相手と心が通じていなくても、これさえあれば用事がすませられる……でも、それだけのことなんです！」

「誰とでも、だと？」

アグワンが理解できないように眉を寄せる。

「そうです。ただ、どうしてゲートのあっちとこっちで電話が通じたのかは僕にもわかりませんけど、でも本当に、是永はただの友人で……それに是永には、奥さんだっているし」

「奥さん……妻？　コレナガは結婚しているのか⁉」

アグワンが勢い込んで尋ねたので、僕はうんうんと頷いた。

「なんと……コレナガは愛する者と、すでに結ばれているのか。そしてお前とコレナガは、この機械を使って話はできるが、ただの友人だと」

アグワンはどこか呆然と繰り返す。

電話の説明よりも、是永が既婚者だということが、アグワンにとっては決定的だったみたいだ。

実際是永は、学生結婚していいまだにラブラブな奥さんとの間に、可愛い娘さんもいる。

ゆっくりと、そしてようやく、アグワンの表情がやわらいだ。

それは、見たこともないほど優しく甘い笑顔に変わり、僕の胸はきゅんとなった。

「では、お前は私のものなのだな？」

「そう……です」

こくんと頷くと、アグワンはそっと僕に片手を伸ばしてきて、優しく頬を包む。

その大きな手から伝わるアグワンの体温に、僕の頬がじわりと熱くなった。

顔がゆっくりと近付く。

微笑みを浮かべたままの唇も。

思わず目を伏せると、唇にアグワンの唇が優しく触れ、ついばむように一瞬僕の唇をやわらかく食んでから、また離れる。

伏せていた瞼を開けると、アグワンの瞳がじっと僕を見つめていた。

アグワンがじっと僕を見つめる。

「だがまだ私は不安なのだ。お前の世界と私の世界とで、同じ言葉は本当に同じ意味を表しているのだろうか？　お前が私のものだという意味は、私が望んでいる意味なのだろうか？」

声音に、わずかな切なさが混じる。

「お前はこれまで、男でも女でも、誰かに特別な感情を抱いたことがあるのか？」

アグワンが静かに尋ねる。

僕は首を振った。

それが恋愛感情というものを示すのなら。

「僕はこれまで、誰かを好きになったことはありません。あなたが……はじめてなんです」

僕は正直に、本当のことを、告げた。

本当に僕はこれまで、恋愛というものに縁がなかった。誰かに恋愛感情を抱いたこともなかったし、友人たちの恋愛模様も、なんだか自分には縁のないもののように眺めていた。

それなのに。

なんて不思議なんだろう。

こうして間近で顔を見ると、改めて本当に男らしく整った顔立ちの、完璧な人。

その人がふんぞり返った横柄なセキセイインコとして僕の前に現れたのは、僕にとってはつい半月ほど前のことだった。

なのに今、僕はこんなにもこの人を好きだと感じている。

はじめて好きになった人として、この人に自分の想いを告げている。

僕の答えを聞いたアグワンの顔に、ゆっくりと笑みが広がった。

「ならば」

顔がさらに近付き、ほとんど鼻先同士が触れ合いそうになる。

「お前を、この場で私のものにしていいのだな?」

え?

この場で……って!?

アグワンのものにって、つまり!?

僕たちがいるのがベッドの上だと気付いた次の瞬間。

アグワンが僕を力強く抱き寄せ、そして唇を重ねた。

優しく唇を押しつけ、舌先で唇をくすぐるように乗り越えて、歯列をなぞり、優しく優しく舌を絡める。

さっきの、強引で乱暴な口付けとは違う。

絡み合う唾液が甘くて。口の中のあちこちを舌先で探られると、なんだか背中がぞくぞくして、頭の芯《しん》がぼうっと痺《しび》れていく。

腰の奥がなんだか熱くなって……もっと、もっと深く、と求めてしまって。

やがてゆっくりと、唇が離れた。

けれどアグワンの瞳には、これで満足などしていないという、甘い熱が籠もっていて。

「愛している、ユーキ」

そう囁《ささや》くと……僕をベッドの上に押し倒す。

愛しているという言葉の深さと優しさに、僕の胸は甘酸っぱい喜びに溢れる。

孤独だった僕が。

家族もなく、恋人もなく、不器用で内気な性格のせいで、時折連絡をくれる友人のほかは親しい人間もなく、孤独だった僕が。

こんなに男らしく強く優しい人に愛されているんだ……！

けれど彼の身体が僕に覆い被《かぶ》さり、彼がついばむように僕に優しく口付けながら、着ていた前合わせの薄ものをはだけて、素肌に掌を置いたとき……ぼくはびくっとした。

「あ、あの、アグワ……」

「なんだ。何か、やり方が違うのか」

アグワンが顔を上げて訝《いぶか》しげに尋ねる。

「そうじゃなくて……っていうか、その、そんないきなり……」

「気持ちを確かめ合った。ちょうどベッドもある。他に何か必要なのか」

ええと……アグワンが求めていることをわからないほど世間知らずでも子どもでもないつもりだ。

愛し合えばその先に、身体を重ねる行為があるということくらいは。

男同士でももちろん、それは可能で。

でもその前に、僕にはまだ確かめなくてはいけないことがあるように思える。

僕自身のことじゃなくて、アグワンのこと。

「あなたは摂政王子で……いずれは王さまになるんでしょう？　それなのに僕とこんな」

関係を結ぶ、ことが……彼の立場にとって何か影響はないんだろうか？

「それとこれとが、どういう関係がある？」

アグワンは本気で意味がわかっていない様子だ。

「でもその……あなたには誰か、決められた人とかがいるんじゃ……あなたのような立場の人が、よりによって同性の、しかも異世界の人間である僕と、なんて」

是永と僕の愛を分かち合うことは我慢ならないと言ったアグワンだけれど、逆の可能性は……？

けれどアグワンはなんのことかわからないと言うように眉を寄せた。

「決められた？　伴侶は自分で決めるものだ。お前の世界では伴侶は異性に限り、しかも誰か他人に決めてもらうものなのか？」

ええと、この世界では同性同士というのは問題にはならない、ということ？

「でもその、王族だと、お世継ぎとか……」

「は？　世継ぎなど、いくらでもいる王族の中から、私が王位に就いたときに選べばいいだけの話だ。お前の世界では、世継ぎは自分の子どもでないといけないのか？　子ができない場合には、王家は滅びるのか？」

最後の質問には、そういう場合もある……と答えたくなるけれど。

僕が答えるべきなのは、そこじゃなくて。

「じゃあ別に……僕とあなたが愛し合っても、なんの不都合もなくて、どこからも文句が出ない、ということ……？」

「どこからか文句が出ればお前は諦めるのか。お前の世界の愛はそんな程度のものか」

そうじゃない！

僕自身は、アグワンが同性であろうと、異世界の人であろうと、好きになった気持ちは止められないと思う。ただただ僕は……

「あなたの立場を悪くするような存在ではありたくないと、思って」

「……では、お前の疑問は」

アグワンは僕の言葉をようやく理解し、呆れたようにため息をついた。

「私のことを思ってのことなのか。それ以外に、私を拒む理由などないのだな？」

「……はい」

頷きつつ、僕は、ここでこう肯定したら、その次はどうなるんだろうと考えた。

また僕はアグワンにベッドに押し倒され、その先は……その先は……

なんというか、そこまではまだ、心の準備ができていないというか。

この世界では、気持ちを確かめ合ったらすぐに身体を重ねるのが普通なんだろうか。もちろん、アグワンが強くそう望むなら……僕だって……

アグワンと視線が合い、彼は片頬でにやりと笑った。

その、傲岸な笑みは、すっかり僕を魅惑するものになってしまっていて。

ああもう、どうにでもしてくれればいい！

——そう思ったとき。

「摂政王子！」

「兄上！」

部屋の扉の外で、アグワンを呼ぶ老師とアルカの、どこか切羽詰まった声が聞こえた。

アグワンがはっとして、扉の方を見る。

「何ごとだ！」

「ゲートが、また不安定になっております。世界の気の流れを観測し続けているのですが、またどこかにほころびができそうな気配なのです」

その言葉を聞いた瞬間、さすがにアグワンはさっと表情を引き締め、ベッドから降りた。

僕はどこか、ほっとしたような……残念なような、自分でも不思議な気持ちで身を起こす。

「ほころびだと？」

アグワンは扉を開けた。

老師とアルカが入ってきて、僕を見る。

「ユーキどのもお目覚めか。では、至急あのゲートを塞いでいただかねば、また世界は大変なことになりますぞ」

ゲートを閉じる!?

思いがけない言葉に僕がアグワンを見ると……アグワンはぎゅっと唇を引き結び、それから僕に手を差し出して、

「神殿へ」

そう、短く言った。

慣れないtri世界の長い裾《すそ》の服に足を絡ませつつ、僕はアグワンとともに神殿に急いだ。

すると……ゲートは確かにふるふると細かく震えているように見え、神官たちが不安そうな面持ちで僕たちを出迎えた。

「これは……やはり、昨日の解読部分は正しかったのか」

アグワンが低く呟く。

神殿の中央に置かれた、どっしりとした木の台の上には、たくさんの巻物が広げられている。

「どういうことなんですか？　ゲートを閉じるって」

僕が尋ねると、アグワンが老師を見、老師が重々しいため息をついた。

「今のこの……完全に安定しているとは言えないゲートの存在そのものが、ほころびができる原因になっているらしいとわかりましてな」

このゲートが？

ほころびの原因？

だから……新たなほころびができる前に、ここを閉じなくてはということ?

「どうして……」

「そもそもユーキどのは、なぜ我々がゲートを作ったのか、まだご存知ありませんでしたな」

老師が台に近付き、巻物のひとつを取り上げる。

「はるか昔に、別世界と繫がるゲートがあったことを我々が知ったのは、数年前のことでしてな。ゲートは異世界の賢人と交流でき、互いの世界の知識を深めるための、純粋に学問的なやりとりの場として存在しておりました」

それが……「三」を「ｔｒｉ」と表す、ギリシャ語の世界。いつのことなのか……大昔、ギリシャ哲学がさかんな時代だとしたら、紀元前ということもありうる。

「我々も、そのような行き来に憧れ、ゲートについて研究し、そしてある日、偶然にできたゲートが、アルカさまが消えたゲートでした」

それは聞いた。そのゲートはすぐに閉じてしまい、そしてその後、アグワンは必死に念じてできたゲートが、僕のあの、塾で作った文房具と割引券の三角形に繫がったことも。

「ですが、我々のゲートは不完全だった。そしてその不完全の結果が、時間の流れの差に出るのだと、ようやく文献を解読してわかりましてな」

「時間の流れ……?」

「あちらとこちらの時間が合わないゲートは不完全なのです。そしてそのゲートは、両世界の気の不均衡をもたらす」

つまり。僕の作ったゲートと、この神殿のゲートは、時間の流れが合わないから不完全で不安定。

それが、僕が疲れて三日も眠っている間に、老師たちが導き出した結論なんだ。

でも、時間の流れだけが問題で、それを合わせることが可能なら!?

「アグワン、僕のスマホは……」

アグワンを見ると、彼は黙って、自分の懐に入れていたらしい僕のスマホを差し出す。

是永と通話中は時間が合っていた。だったら。

けれど……スマホは完全に電池切れで沈黙していた。

なんてことだ。

「ええとじゃあ、僕が向こうに戻って……なんとかして、こっちと電話を繋げれば……もしかしたら」

「もしかしたら」

老師は頷く。

「しかし仮定に過ぎません。ゲートの原理も、ユーキどのとご友人がその機械で繋がって時間が一時的に一致した原理も、わかっておらんのですから」

確かにそうだ。

スマホに賭けるのは……確実とは言えない。

「そしてとにかく、ゲートの不安定度は増していますのじゃ。このゲートは大至急閉じなくては、いつまたほころびが生じることか」

「ゲートを閉じる」

僕は繰り返した。

「どうやって……?」

「ユーキどのがあちらに戻られて、戻ると同時にゲートを破壊する。それしか、今思いつく方法はありません」

向こうに戻ってゲートを破壊する。

それは……それは、僕がもうこちらに戻ってこれないことを意味する。

「……僕のゲートは、時間が経てば消えてしまう材質で作られています。それが自然に消えたら……自然にゲートが壊れたら……?」

「あちらの時間でどれくらいかかる?」

アグワンが、抑えた声で静かに尋ねた。

そうだ。是永がドライアイスか何かで一日くらい保つようにしてくれたとして、今の時間差なら、こっちでは何ヶ月も過ぎていく。

その間にまた、ほころびができてしまうかもしれない。

この不安定なゲートを閉じることは、一刻を争う問題。

それは僕が向こうに戻らなくてはできないこと。

それは、それはつまり……！

僕は足下の床が崩れ落ちていくような感覚を覚えながら、アグワンを見つめた。

「そうしたら、僕たちは二度と会えなくなる……？」

アグワンが、蒼ざめた顔で唇を結んでいたけれど、やがて怒ったように首を振った。

「今度は、完全なゲートを作ればいい」

そうだ、その方法がある。

「完璧なゲートを作れば……世界を壊さずに行き来できるんですよね……？」

僕の問いに、老師は頷く。

「むろん。じゃが、完璧なゲートを作れる条件は、どうしてもわかりませんのじゃ」

賭け。すべては賭けなんだ。


「もうひとつ、方法がありますよね」

ふいに、思い切ったように傍らから口を挟んだのは、アルカだった。

「もうひとつ？　何？」

「アルカ！」

僕が尋ねるのと同時に、アグワンが制す。

でも僕は、その方法が聞きたい。

「アルカ、教えて。それは何？」

「今この場で、このゲートを完全に壊すことです」

アルカは真っ直ぐに僕を見て言った。

今この場で、こっち側の……ｔｒｉ世界側のゲートを壊す。

それで接続が切れれば、いずれ向こうのゲートは消滅する。

考えてみれば、そっちの方が簡単な方法だ。

どうしてみんな、それを先に言わなかったんだろう？

「もちろんそれは……別な方法ではありますな」

老師が咳払《せきばら》いした。

「じゃがそれでも、あちらでユーキどののゲートが存在している間は、不安の種は残ります」

「でも、向こうのゲートは、確実に消えます」

僕は言った。時間はかかるけど。

保冷剤が融けてしまえば、ゲートは消える。

アグワンを見ると、彼は難しい顔で腕を組んでいた。

「アグワン」

全員が、アグワンの決断を待つように彼を見る。

すると、

「本当にわからないのか」

アグワンが僕を真剣な目で見つめた。

「……この場でゲートを壊せば、お前は二度とあちらの世界に戻れなくなる」

絞り出すような、苦しげな低い声。

「あ」

僕ははっとした。

今この場でこのゲートを壊すということの結果を、僕は本当に失念していたんだ。

僕が自分の世界に戻れなくなるということを。

「我々の世界は、お前に、自分の世界を捨てるという犠牲を強いることになる」

アグワンは低く抑えた声で言葉を続けた。

犠牲。

それは犠牲なんだろうか。

こちらの世界で、アグワンとともに生きていく、その結論は。

僕は……僕は。

そんなこと犠牲じゃない、と言えなかった。

アグワンがいるなら、すべてを捨ててもいい、と……即座に言うことができなかった。

アグワンはそっと両手で僕の頬を包み、僕を見つめた。

「この前……こちらから向こうに戻るとき、私は軽い気持ちで、お前にこの世界に客人として留《とど》まれと言った。だがお前は、自分の世界でやらなくてはいけないことがある、と……このまま、戻らないというわけにはいかない、と言った。そういうお前を、私は心から好ましいと思い、お前を帰したのだ」

そうだ。確かにそう言った。

そしてその後、僕は自分の世界で、なすべきことをなしとげたとは決して言えない。

仕事、もちろんそうだ。生徒たちへの責任。

それだけじゃない。

突然失踪したら、アパートの契約はどうなる？

両親亡き後、保証人を引き受けてくれた親戚に迷惑がかかる。

残した荷物はどうなる？

僕しか守る人のいない、両親のお墓は？

まだ取りに行っていないクリーニングとか。

近所の書店で予約してある本とか。

ひとつひとつは些細《ささい》な、でも決して放り出すわけにはいかない、僕と自分の世界を結びつける無数のもの。

でも……ここにはアグワンがいる。

通じ合ったぼくたちの想い。

孤独な僕を「愛している」と言ってくれる人。

何より強く、僕をこちらの世界に結びつける人。

「ユーキ！」

アグワンが、僕の頬を包んだまま、僕を優しく揺すった。

「迷うな。悩むな。悩む余地などないはずだ！」

ふと視線を横に辷らせて、アルカを見る。

「己の世界を捨てるということは、そんなに簡単なことではないのだ。ユーキを板挟みにする権利は私たちにはない」

「……考えなしにものを申しました」

アルカが小声で言った。

「私はただ……ユーキどのがこちらに留まってくださるのなら、どんなことでもして、ユーキどのがさみしがることのないよう力を尽くすつもりでした」

アルカの言っていることはもちろんわかる。

でも、僕の前に、どちらを選んでいいのかわからないふたつの選択肢があって、僕はその狭間《はざま》にいて。

「摂政王子！」

ゲートを見守っていた神官の一人が、突然叫んだ。

「ゲートの不安定度が増しています！」

全員がはっとしてゲートを見ると、ゲートは先ほどよりも激しく、振動を始めていた。

そして、別な機械を見ていた神官が、

「ほころびの兆候が、北の街に……！」

切羽詰まった声を上げる。

僕はアグワンを見た。

蒼ざめた顔。たぶん、僕も同じ。

「僕は……」

言いかけた瞬間。

「戻るのだ！」

アグワンが強く言って、僕をゲートに押しやった。

「戻れ、そして、別なゲートを作れ。今度こそ恒久的な、安定したゲートを」

「ど、どうやって？」

僕がアグワンを見つめると、アグワンの視線が真っ直ぐに僕の心を射た。

同時に彼の「念」が胸の中に響いてくる。

方法はわからない。

だが、信じろ、必ずできる。

お前と私が通じ合い、信じ合っているならば……

両方から強く願い続ければ、必ず！

視線が絡み……

そして次の瞬間、僕は無意識にゲートの中に一歩を踏み出して。

はっと気付いたときには、身体がまばゆい光に包まれていた。


「いた！」

投げ出されたのは、アパートの自分の部屋の、畳の上だった。

ずいぶんと久しぶりに戻ってきたような気がするけれど、窓の外を見ると夕暮れ時。半日も留守にしていなかったんだと思う。

僕のお気に入りの、黄色い二等辺三角形の座卓の上、ゲートの周囲は山と積まれたドライアイスで囲まれていた。

短い時間に、是永がどうやってこれを調達してくれたのか。

お礼を言ってお金も払わないと。

でもその前に……

僕は、ゲートを見つめた。

今ならまだ、ここに飛び込めばｔｒｉ世界に戻れるかもしれない。

僕が出て行ったあと、向こうでまだ、ゲートを破壊していなければ。

アグワンのところへ。

でも……アグワンは、僕が自分の世界を捨てられないことを見抜き、僕を送り返した。

僕は……僕は、どうすれば。

いやでも、迷っている場合じゃないんだ。僕がこうして迷っている数秒の間に、向こうでは何時間も経って、ほころびが生じてしまうかもしれない。

『信じろ』

アグワンの言葉が、頭の中に響いた。

完全なゲートを作ることができて、そして僕たちはまた会えると、信じるんだ……！

僕は深く息を吸い、次の瞬間、なぎ払うように座卓の上から保冷剤と定規を叩き落とした。

4. tetra テトラ

「あくつん、なんだか疲れた顔してるー」

授業が終わったあと、人なつこい生徒の幹本《みきもと》が教卓に近寄ってきて僕の顔を覗き込んだ。

「そう……？」

確かに、このところ寸暇を惜しんでゲートができないかと三角を作り続けているし、アグワンに二度と会えないかもしれないという不安でよく眠れなかったりもしている。

「なんか、授業で変なところがあったかな。わかりにくい？」

それでも、疲れが授業に影響するようではだめだ。

すると幹本が首を振る。

「授業は大丈夫だよ。でもあくつん顔色悪いからさあ、机直すの手伝ってやるよ」

そう言って幹本が、授業終わりでぐちゃぐちゃになった机を並べはじめると、それを見ていた他の数人の生徒も手伝いだす。

「ありがとう、でも」

言いかけたとき、教務の村上《むらかみ》さんが教室を覗きに来た。

「阿久津先生！　生徒さんにそんなことさせないよう、言ったじゃないですか！」

きつい口調に、

「あ、すみません！　みんな、いいから……」

「やりたくてやってるんだよ！」

村上さんに言い返したのは、幹本だった。

「うちでも学校でも、使ったものはちゃんと片付けろって言われてるのに、塾でだけしなくていいなんて、やっぱり変だよ」

「一番、机とか乱暴に扱ってるくせにー」

茶々を入れつつ笑っているのは、幹本と仲のいい子だ。

「あの」

村上さんに向き直ったのは、生真面目で普段は無口な女の子だった。

「この教室、このあと使うんですか？」

「え？　そうじゃないけど……」

「だったら」

　女生徒が僕の方を向く。

「先生、教えて。教室の中に、ものすごくちゃんと机を並べるのって、算数でしょ？」

「え？　え、そうだね」

　僕が頷くと、その子は教室を見渡した。

「前から思ってたんです、阿久津先生って、なんでもすごくきれいに並べるなあって。あたし、ちゃんと並べるの、好きなの。もしかして算数の先生だからできるのかなあって」

　僕はその言葉に嬉しくなった。

　この子はきっと、僕と同じように、直線とかが好きなんだ。

「うん、割り算とか等分だね。興味があるなら、今日はもう遅いから、今度時間取ろうか」

　巻き尺とかを持ってきて、実際に教室を測って……と考えると楽しくなってくる。

「ねえ、あくつん」

　別な生徒……中学受験を考えている女の子が、僕に尋ねた。

　この子もいつの間にか僕を「あくつん」と呼ぶようになっている。

「あたし、将来ケーキ屋さんになりたいんだけど、算数っているの？　お母さんはケーキ屋さんになるの反対で、大学行くために、全部の教科をちゃんとやれって言うんだけど、あたしはケーキ屋さんに算数いるのかどうか知りたいの」

　思いがけず、個人的な進路の相談みたいなことを言われて僕ははっとした。

　塾で個別の教科だけを教えていると、なかなかそういうことはない。

「うん、いると思うよ。ケーキってたぶん、小麦粉を何グラムとか測ったり、この材料とこの材料を何対何で合わせるとか……人と同じものを作るならレシピを見ればいいけど、自分で新しいレシピを作るなら、必要なんじゃないかな」

想像で適当なことを言ってしまったかな、と思って付け加える。

「あと、自分でお店をやるなら、売り上げの計算とか絶対にするよ」

「そっかー」

生徒は真面目な顔で考え込む。

「あくつんがそう言うなら、やっぱりちゃんと勉強しないとだめかー」

「ほら、だから言っただろ」

得意そうに言ったのは、幹本。

「あくつん、セキセイインコがあんなに喋れるように教えるんだからさ、なんでも尋いたらちゃんと答えてくれるって」

「あのインコに怒られちゃったしな、ちゃんとあくつんの言うこと聞けって」

「何、俺たち、インコ以下の脳みそ？」

男の子たちが言って、生徒たちが笑い出す。

その様子を見ていた村上さんが、ちょっと困ったような顔になった。

「阿久津先生……ここはあくまでも、学校の授業を補うための塾ですから……」

「わかっています」

僕はそう言ってから、生徒たちを見渡した。

心配そうに……僕がいつものように、村上さんに「怒られる」んじゃないかと思っている表情だ。

「わかっていますけど、このクラスに必要なのは、まずどうやって算数を好きになってもらうかだと、ずっと思っているんです。塾の方針に反するようなら、塾長と直接相談させてもらいます。ただ僕は、一見遠回りに見えても、今年一年が終わったときに、この子たちが少しでも算数が好きになって、それが成績に結びついてくれればと思っているんです」

そう言いながら……僕は、何か温かなものが、僕の背中を押してくれているのを感じた。

生徒たちの無邪気な好意と信頼。

そして同時に……アグワンの言葉。

僕に必要なのは、自信を持つことだと。

アグワンのような、「世界を救う」ための強烈な義務感には及ばないけれど、僕は自分の義務を、自信を持って、自分の意思で、果たさなくてはいけない。

大学院の博士課程に進めなくて、仕方なく選んだ仕事、なんて言い訳はできない。

僕がするべきなのは……この、こちら側の世界を担う子どもたちを、一歩でも前に進めるように後押ししてあげることだ。

「……そういう……お考えなら」

村上さんはふうっとため息をついた。

「まあ、塾長との面談は、今学期の生徒さんのアンケートを見ての結果ということで……でもとにかく、時間は守ってもらわないと」

それは、村上さんなりに、僕のやり方を「見てみよう」と、一歩譲ってくれたんだと僕にはわかった。

学期末に生徒たちが、講師について採点するシステムがある。

僕にはそれがずっと憂鬱《ゆううつ》だったけれど、自分の考えに自信があるなら、堂々と結果を待てばいい。

「わかりました、すみません」

僕は村上さんに頭を下げて……

「さあ、今日はもう机を並べるのはいいから、早く帰らないと！」

生徒たちを促しながら、僕はなんだか明るい気持ちになるのを感じていた。


ある日、仕事終わりに是永と会った。

あの騒ぎのあと、是永とはすぐ会って、何しろ他にどう説明しようもないのでｔｒ：ｉ世界とゲートのことは話してある。

是永がなんとか信じてくれたのは、エズルと実際に会話し、クリーニング店のゲートを開けたことを、是永自身も他に説明しようがなかったからだと、本人がそう言った。

「よう」

待ち合わせの店に入ると、是永がすでにビールを前にしていた。

「早めに来ちゃったから、始めてた」

大学にほど近い居酒屋は、学生時代からの行きつけだ。

大学はもう夏休みに入っているので、騒々しさがなくてちょうどいい。

「いや、僕こそちょっと遅くなっちゃって」

そう言って、向かいに座る。

「呼び出しちゃってごめんな。一人で晩飯食うのさみしくてさ」

是永はそんなことを言って笑った。

「奥さん、里帰り中なんだっけ?」

「そう、二人目が来月生まれるんで、上の子連れて実家に帰ってる」

さみしいと言いながら、是永の顔は笑みで崩壊しそうだ。

いいなあ、と僕は心から思った。

学生結婚だったから当初は経済的にも大変で、是永は希望していた大学院への進学を諦めて就職したけれど、その仕事もうまくいき、子どももできて、本当に幸せそうだ。

「……好きな人と一緒に暮らすって、幸せなんだろうな」

僕が思わず言うと、是永はグラスに口をつけながら横目で僕を見た。

「子どもがいると、戦争みたいな幸福感……だけどさ」

そう言って、僕の方を見ずに言葉を続ける。

「阿久津は誰かいないの？　なんか、少し落ち着いていい感じの顔に見えるんだけど」

「そ、そう?」

僕は戸惑った。

tr:i世界から戻った直後は、アグワンと離れてしまったのが辛《つら》くて、悲しくて、寂しくて、どうしていいかわからなかった。

今だってそれは変わらず、気がつくとアグワンのことを考えている。

今日は帰ったら、何でどう三角を作ってみようかと考えている。

居酒屋で、箸《はし》などを使ってつい三角を作りたくなるのを堪えているのは、うっかりまたこんなところで不安定なゲートを作ってしまっては大変だと思うからだ。

それでも……

二ヶ月ほど経って、僕の中には、小さな諦めにも似た落ち着きが出てきたのは確かなんだろうとは、思う。

どんなにアグワンを想っても、日々、生活はしていかなくてはいけない。

塾の授業の方も、手応えを感じてきている。

一学期終わりの生徒たちのアンケートでは僕の評価は上々だったらしく、夏休み中は、学校の教科書の進行に囚われない「算数を好きになる」授業を何時間か任されたくらいだ。

次にアグワンに会えたときに、やつれて痩《や》せて心配をかけないようにしようと、意識して食事もちゃんと取っている。

それがもしかして……是永の言う「いい感じの顔」に繋がっているんだろうか。

「実は、さ、会いたい人がいるんだ」

僕は、思わずそう言っていた。

「……ふうん、もしかして……あっちの人?」

是永は驚いた様子もなく、tr:i世界のことを「あっち」と表現する。

tr:i世界について是永に説明はしたけれど、アグワンと愛し合っていることだけは、自分の胸にしまってあった。

「うん」

それだけ答えて頷く。

異世界へのゲートなんてことを受け入れてくれた是永だから、相手が異世界の男だと知っても偏見の目で僕を見たりしないだろうとは思う。

でもなんとなく、アグワンのことだけは自分の胸に秘めておきたい、けれどこの気持ちについては話してみたい、そんな感じだ。

「そっかあ……じゃあ、行き来ができないのは、辛いな」

「うん」

その気持ちをわかってくれるだけで嬉しい。

「行き来するためには、安定したゲートを作らなくちゃいけないいんだっけ?」

「そうなんだ。たぶん、安定したゲートなら時間のずれがない。それについても考えたんだけど」

僕は二本の箸を、少し離して並べた。

「これが並行するふたつの世界だとして、ゲートっていうのは、こう……両方を繋ぐものだと思うんだけど」

間に、つまようじを置く。

「安定するゲートっていうのは、これを垂直に刺すような感じなんだと思うんだ。少しでも斜めに角度がついていたら、時間がずれるっていうイメージかな」

「なるほど、概念としてはわかる気がする。問題は、どうやって垂直に刺すか、か」

「うん。どういう三角ならいいのか、ずっとやってるよ」

「材質とか関係あるのかな。協力できることあったら言えよ」

是永の勤めている会社は、金属部品関係だ。

「うん、ありがとう。今のところ、手に入るものでやってみてる」

ちょっと無言になって、二人してビールを口に運ぶ。

やがて是永がふと思い出したように言った。

「そういえば、大学からなんか来たって？」

「あ、そうなんだ」

今日会ったら話すと言ってあったんだ。

「熊倉《くまくら》教授からメールがあって」

熊倉教授というのは、僕の論文を「これは数学じゃないね」と切って捨てた先生だ。

今になってみると、確かにあれは三角形への偏愛が行きすぎて、数学じゃなくなっていたと自分でもわかる。

「へえ、御大《おんたい》、なんだって？」

「それが……僕のあの論文に、興味を持った人がいるから連絡しろって」

メールの文面を見たときには驚いた。

今さら、あの不出来な論文に興味を持つ人がいるだなんて。

「へえ、で、連絡したの？　誰？」

是永もちょっと驚いたみたいだ。

「それが、数学じゃなくて、文化人類学の先生で」

「えー、あ、でも、それって」

「そうなんだ」

特定の数字を尊いものとする文化の中で、その数字がどのように扱われて、計算方法などにどのような影響を与えたか。

計算方法部分に重きを置いたとはいえ、やっぱり今から思えば、比較文化論とか、そっちの方向だった。そもそも「三角が好き」というだけで数学科を選んだ時点で、僕は方向を見誤っていたのかもしれない。

「で、なんだって？」

「その先生がやっている研究と、僕のあの論文が、方向性がとても近いらしいんだ。それで、よかったらその先生のところで助手をやりながら勉強してみないかって」

僕の言葉に、是永は興味深そうに目を見開いた。

「いいじゃん、それ。助手やりながらなら、学費もなんとかなるでしょ。何か迷う理由あんの？」

「うーん、あるっていうか、ないっていうか……塾の方も、中途半端にしたくないし」

ｔｒｉ世界のことを知った今ならなおさら、特別な数を聖数とする文明について研究したい気持ちが募っているのは確かだ。

そのためには、こんなありがたい話はない。

でも塾も放り出したくはない。

けれど是永はこともなげに言った。

「本格的に大学に戻るとしたら、どうせ来年からだろ。今年の生徒は最後まで見られるし、そのあとだって、学生やりながらバイトででも塾講師はできるだろ」

それはそうなんだ。

ただ……僕の中では、来年なんて遠い先のことはよく考えられないだけなんだ。

もしそれまでに、またゲートが通じたら。

僕はこっちの世界のことをきちんと片付けて、それからｔｒｉ世界に行く、そういう選択肢もある。

その場合は、塾もちゃんとやめ、大学に戻るという話も断ることになるだろう。

けれどそれはあくまでも、ゲートが通じたらの話で。

現実問題、それはいつのことになるかわからない。もしかしたら、何十年後とかの話かもしれない。

だったら僕はそれまでの間、ただ悶々《もんもん》と、無為に生きることは、アグワンに対してあまりにも恥ずかしい。

「そうだね」

僕は頷き、そしてもう一度言った。

「そうだね、前向きな返事をしてみるよ」

「おう、じゃあ前祝いに、ちょっと高い酒でも頼むか。何にする？」

是永はそう言って、メニューを取り上げて開いた。

ホッピー
気ブラン
とり
500
280
とう
150
400
おしながき

部屋に戻ると、僕はほうっとため息をついて、畳の上にあるお気に入りの座卓の前に座り込んだ。

部屋の中はごちゃついている。

使えそうな素材があると持ち帰って、ゲートを作ることができないかと試しているせいだ。

けれど、この黄色い二等辺三角形の座卓の上だけは、ここで食事もするし、パソコンも使うし、読み書きにも使うので、かろうじてきれいにしてある。

今は何も上に置いていないこの座卓。

この座卓のほんの端っこが、異世界に通じるゲートとして機能していたなんて嘘《うそ》みたいだ。

「アグワン……」

僕は呟いて、座卓の上に片頰をつけた。

会いたい。アグワンに会いたい。

来年から大学に戻る決意をしたことで、アグワンに近いうちに会えるという希望を放棄したような気が、どこかでしている。

もちろんそれは、希望を永久に放棄したということではなく、ただ、僕が地に足を着けて生活していく決意であるわけだけれど。

僕は自分の唇にそっと指を当てた。

アグワンのキス。

激しかったり優しかったり……彼の唇の感触や温度、そして舌を絡める感覚を思い出すと、全身がぞくりと粟立《あわだ》つような気がする。

腰の奥に、ずくりとした何かが生まれて、鼓動が速くなり、頰や耳が熱くなって……。

これは、性欲だ。

自分にそんなものがあったなんて意外だけれど、漠然とした性欲じゃなくて、誰か特定の人、好きな人のことを考えて身体が熱くなる、これは……恋とか愛とか、そういう言葉に含まれる、れっきとした性欲だ。

あのとき、しのごの言わずにさっさと観念して抱かれてしまえばよかった。

そうしたら少なくとも、アグワンとの濃密な時間を思い出として持ち帰れたのに。
次に会うときには二人ともおじいさんになってい
て、そんな感じじゃなくなっていたらどうしよう。
思わずそんなことを考えて、くすっと笑ってしま
い、身体を起こす。
おじいさんになったって、アグワンはきっと男ら
しく凛々《りり》しいままだろう。
僕もそれに見合った老人になれるだろうか。
いや、そんなに待てない。
アグワンに会いたい。
今すぐ、アグワンに会いたい……！
「アグワン……！」
思わずそう呟き、目の前が潤んだような気がした。
慌てて瞬きすると、ぽとりと涙が座卓の上に落ち
た。
その瞬間――
ぱっと、部屋が閃光《せんこう》に包まれた！
「うわ！」
部屋の中心に置かれた座卓から、まばゆい黄金の
光が迸《ほとばし》った。
そして、その中心から、何か小さなものが飛び出
して――
次の瞬間、光はしゅうっとしぼんで座卓の表面に
吸い込まれていき。
そこには。
「アグワン！」
小さな黄色い、セキセイインコがいた！
「アグワン、どうして!?」
「お前を呼んだのだ、強く。お前に会いたいと思っ
たのだ」
セキセイインコはちょっと呆然としたようにそう
言ってから……僕の胸のあたりにぱっと飛びついて
きた。
「変わっていないな、ユーキ。あれから時間はどれ
くらい経ったのだ」
僕が差し出した手に、アグワンは飛び移る。この

軽くてふわふわな感触。

温かい。

「……二ヶ月……六十日くらい、でしょうか」

これは現実だろうか？

「六十日。こちらでもそうだ。ということは、今度のゲートは時間差がないということか！」

アグワンの黒目が、興奮してしゅうっと小さくなる。

「本当ですか？　じゃあ、今度のゲートは安定しているってこと？」

僕は驚いて座卓を見た。

考えてもいなかった。二等辺三角形の座卓そのものが、ゲートになるなんて。

何か新しいものを作らなくてはいけないんだとばかり思っていた……！

「それはこれから検証しなくてはわからないが」

アグワンの……セキセイインコのつぶらな瞳が僕を見上げる。

「お前は、私に会いたかったか？」

「会いたかったに決まっています！」

僕は思わず叫んだ。

「この姿の私に？」

ふんぞり返ったふわふわの胸。もちろんこの姿はこの姿でいとおしいけれど……

「人間の姿のあなたに」

あの、灰色の瞳の美丈夫に。

正直にそう言うと。

「では、あちらに戻るぞ」

アグワンは僕の掌の上で羽ばたいた。

「このゲートがもし完全に安定したものではないとしても、一日や二日でどうにかなることはないはずだ。来い！」

僕は頷き……

アグワンを包み込んだ両手を、座卓の上にかざした。

その瞬間、身体がぐいっと引っ張られ、光を放っ

たゲートの中に吸い込まれる。

そして、出たところは……

神殿ではなく、なんとなく見覚えのある、部屋の中だった。

「え？　ここって……」

驚いて見回すと、

「私の寝室だ」

僕の下から、笑いを含んだ声。

「うわ！」

僕は、アグワンを下敷きにしていたんだ！

「ごめんなさ……」

慌ててどこうとすると、アグワンが上体を起こし、そのまま僕を、彼の膝の上で抱き締めた。

「逃げるな。やっと捕まえたのだ、離さんぞ」

傲岸な……なのに、どこか切なげな声でそう言って、腕に力を込める。

「ああ、本物のお前だな」

僕はアグワンの腕の中で、彼の顔を見上げた。

変わらない。鼻筋の通った男らしい顔立ち、額にはめた銀の輪、吸い込まれそうな灰色の瞳。

そして何より、元気そうだ。

「傷は、もう……？」

「とっくに完治している」

アグワンはにやりと笑った。

「お前を抱くのになんの支障もない」

僕は真っ赤になった。

もちろん、僕だって……いっそあのとき抱かれてしまえばよかったと思ったくらいで……今さら拒むつもりなんてさらさらない。

ただただ、恥ずかしい。

「乙女《おとめ》のようだな」

アグワンがそう言って僕を抱いたまま軽々と立ち上がった。

「見ろ、あれが今回のゲートだ」

アグワンが視線で示した先にあったのは……鏡だった。

頂点を下にした正三角形で、金色の凝《こ》った枠にふちどられている、大きめの鏡。

前からこの部屋にあった調度のひとつ、だと思う。だとしたら……今回は、僕とアグワンのそれぞれの部屋に、すでにある三角形がゲートになったということになる。

しかも、違うかたち。僕の座卓は二等辺三角形なのだから。

つまり、向こうとこっちが繋がるゲートの条件は「同じ三角形」ということが必須ではなかったということになる。

ということは……ますますゲートの条件がわからなくなったような気がする。

するとアグワンが、鏡に真っ直ぐな視線を向けながら言った。

「あの鏡に向かって、ただただ、お前に会いたいと思ったのだ。このまま年を取ってしまったら私はどんな顔になるのだろうか、年寄りになる前にお前に会いたいと……今、この瞬間、お前に会いたいと」

そうだ、僕も同じようなことを考えた。

老人になるまでなんて待てない、今すぐアグワンに会いたいと。

そして、三角のテーブルに向かって涙を零《こぼ》した。

その瞬間、それぞれが向かい合っていた「すでに存在する三角形」がゲートになったんだ。

「だとしたら……」

言いかけた僕の唇は、アグワンの唇で塞がれた。

「ゲートの話はあとだ。今はとにかくお前を抱きたい」

抱きたい、という直截な言葉に、僕の頬はかっと熱くなる。

でも、僕だってそう考えていた。

前回、しのごの言わずに抱かれてしまえばよかった、って。

もちろん、改めてこの状況に向かい合うと、なんの経験もない僕にとっては、清水《きよみず》の舞台から飛び降りるような決意ではある。

でも、アグワンの好きだというこの気持ちは確かだ。

僕にとって、アグワンが本当に特別な人であることは絶対に確かだ。

ある日突然、横柄で可愛いセキセイインコの姿で僕の前に現れた人。

それが、灰色の瞳のうっとりするような美丈夫で、異世界の摂政王子という身分の人で。

その人が僕にとって、ただ一人の運命の人だったというのは、なんて不思議なことなんだろう。

考えてみると、実際に会っている時間より、双方の世界に離ればなれになっている時間の方が長かった。

セキセイ姿と人間の姿と、どちらと一緒にいた時間が長かったのかも微妙なところ。

それでも、僕が好きなのは、今目の前にいる、このアグワンだ。


そして、そのアグワンの灰色の瞳を思い浮かべながら、身体を熱くしたことも事実。

だとしたら……何を迷うことがあるだろう?

僕の身体からかすかな抵抗の気配が消えたことをアグワンは感じ取ったらしく。

アグワンの唇が優しく僕の唇の端に触れ、それから顔が離れる。

「いいな?」

確かめるように僕の目を見つめながらアグワンが尋ね、僕はただ、耳まで赤くなりながら頷いた。

軽々と僕を抱き上げてベッドに下ろし、アグワンは僕にのしかかるようにして見下ろす。

「どれだけお前を抱きたかったかわかるか」

片頬に浮かべた笑みが、わずかに余裕を失っているように見えてどきっとする。

「僕、も……」

抱かれたかった、という言葉は男としてどうなんだろうと思うけれど……アグワンと愛し合うことを意味する言葉はそれしかない。

にやりと笑い、アグワンが僕に顔を近寄せ……口付けた。

たちまちキスは甘く深く激しいものになる。

侵入してきた舌に、僕ははじめて、自分から舌を差し出して絡めた。

アグワンの手が服の上から、僕の身体を確かめるようにまさぐる。

夏のことで、薄い半袖のシャツを着たきりだから、アグワンの掌の熱が僕の肌に直接伝わってきて、むしろ布一枚がもどかしい。

「んっ……」

シャツの上から、アグワンの指が僕の乳首を探り当てて摘《つま》んだ。

びりっと痺れたような感覚に、僕は思わずのけぞる。

これ……なんで、こんな感じ。男なのに。ほんのささやかな乳首なのに。

指の腹で押し潰されて、摘まれて……それだけで、全身がぞくぞくして、腰の奥が疼《うず》いてくる。

「……くそ、これはどうするのだ」

唇を離してアグワンが忌々しげに呟いた。

気がつくと、僕のシャツの前をはだけようとして、ボタンに戸惑っている。

そうか、ｔｒｉ世界の服は帯で締めているだけで、ボタンはない。

「こう……やるんです」

僕は自分で、一番上のボタンを外してみせた。

するとアグワンがにやりと笑う。

「自分で肌をさらすとは……お前がその気で嬉しい」

いやあの、そういう意味じゃ……いや、そういう意味なのか。

うろたえる僕に構わず、アグワンは器用に「なるほど」と言いながらボタンを全部外し、シャツの前を開く。

あらわになった胸を、アグワンはつくづくと見下ろした。

「お前の身体はどんなものだろうと、想像していた。想像よりもはるかに美しい」

そう言って指先で、僕の胸の真ん中をつうっと撫《な》で下ろす。

「白くて……滑らかだな。無骨さがないのが、お前らしい」

それは言い換えれば男らしくないということだけれど、アグワンがそれでいいと言ってくれるのならそれでいいような気がする。

「僕も、あなたが見たい……」

そんな言葉が自然に僕の口から零れ出た。

アグワンは無言で身体を起こすと、ベッドの上で膝立ちになり、帯を解き、長衣とともに下に着ていた薄ものも脱ぎ捨てる。

象牙色《ぞうげいろ》の肌、滑らかな筋肉に覆われた逞《たくま》しい胸や腕があらわになる。

脇腹には、縦に長い傷痕《きずあと》……僕を庇って刺されたときのもの。

でももう完全に塞がって、少し盛り上がり、勇者の証《あかし》のように彼の身体の美しさを増しているようにさえ思える。

そして、腰の紐《ひも》を解いてゆるやかなズボンを下ろすと……そこには、黒々とした叢《くさむら》から、逞しいものがすでに頭をもたげていて、僕はごくりと唾を飲んだ。

同性のそんなものを見て、自分の鼓動がこんなふうに速まるなんて想像もしていなかった。

でも確かに……それが、僕に向けられた欲望の証であることが、僕の欲望をも煽《あお》る。

「お前も、ちゃんと私に見せてくれ」

アグワンがそう言ってズボンのベルトに手をかけてまた戸惑い、僕は自分の手が震えているのを感じながら、ベルトを取り、ボタンを外し、そしてファスナーに手をかける。

「ああ、これならわかる。ほころびを閉じたときに、お前の中にあったものだ」

アグワンが含み笑いをしながら優しく僕の手を押しのけ、躊躇いなくファスナーを下ろした。

足から、下着ごとズボンを抜かれてしまうと、生まれたままの姿をアグワンの前にさらす。

そして……僕のものも、アグワンの逞しさには到底及ばないけれど、間違いのない欲望を見せて勃《た》ち上がっていた。

「……恥ずかしい、です」

アグワンの視線が僕の全身を舐《な》めるのを感じ、体温が一、二度上がったように感じて、僕は小さく言った。

ただこうして見られていることが、たまらなく恥ずかしいだけでなく、もどかしい。

いっそ、どうにかするなら早くしてほしい。

そんなことを考えてしまったのが……アグワンに伝わったのがわかった。

「焦らす気はない」

にやりと笑ってそう言うと、勃ち上がった自分のものを、見せつけるように僕のものに擦《こす》りつけ、自分の先端で僕の幹を撫で上げた。

「あっ……！」

思いがけない甘い痺れが、性器から全身に、放射状に走り抜けた。

アグワンが身体を僕の上に倒してくる。

密着する身体。アグワンの身体が……熱い。

彼が僕の腰の下に腕を差し入れ、ぐいっと抱き寄せた。

叢同士が絡み合い、性器と性器が密着する。

「あ……あ」

どうしよう。

腰の中心に、何かどろどろとしたものが溜《た》まり、渦巻いていている。

キスをされて、熱く大きな掌で全身を直接まさぐられると、彼の手が触れたところから熱で熔け出していきそうだ。

「ユーキ……」

口付けの合間に優しく呼びながら、彼の指が僕の乳首を転がし、引っ張り、押し潰す。

やがて唇が、頬へ、耳朶《じだ》へ、首筋へ、そして鎖骨から胸へと降りていく。

僕の身体すべてに痕を残そうとするかのように。

乳首をちゅっと吸われ、舌でくるまれ丹念に舐められると、僕はもう、呼吸が浅くなってじっとしていられなくなり、左右に顔を振るしかない。

乳首がじんじんと甘く痺れて、頭の芯がぼうっとなる。

気持ち……いい。

弄《いじ》られすぎてどうにかなるかと思った頃、ようやく唇は乳首から離れて、僕の腹を舌先でくすぐりながら舌に降りていき——

「あっ……！」

勃起《ぼっき》した性器の先端を唇で食《は》まれて、僕は思わずのけぞった。

「や……あ、だめっ……っ」

そんなところ……！

けれどアグワンは構わず、すっぽりと僕を口に含み、唇で扱《しご》くように頭を上下させる。

だめ。そんなことをされたら……！

伸ばした片手でアグワンの髪を探り当て、必死に止めようとしたとき。

ぎゅっと絞るように、唇で根元から扱き上げられ——

「あ——あ、あ、い、くっ……！」

腰の奥にわだかまっていたものが、奔流となって出口を求めて。

あっけなく、僕は達してしまった。

「……っ、はっ……あ、くっ……ふっ」

あまりにも強烈な快感に、涙が滲《にじ》んだ目でアグワンを見ると、アグワンはごくりと喉《のど》を鳴らして……

僕の放ったものを飲み込み、手の甲で口元を荒っぽく拭《ぬぐ》った。

「な……飲んじゃ……っ」

そういうことも、することはあると、頭の中に知識としてはあったけれど。

実際に自分のものを飲まれてしまった恥ずかしさというかいたたまれなさは想像外。

なのにアグワンは、

「思ったよりも濃いな。私を想って、夜《よ》な夜《よ》な自分でしたりはしてくれなかったのか」

わざと僕を恥ずかしがらせるように、そんなことを言う。

そしてそんな言葉に、煽られるようにまた体温を上げてしまう僕も僕だ。

「……私はお前を夢の中で何度も抱いたぞ」

アグワンはふと真面目な顔でそう言って……

力の抜けた僕の身体を俯《うつぶ》せにひっくり返すと、腰を高く持ち上げた。

「え、な……」

「お前が楽なようにしてやるのだ」

こともなげに言って……次の瞬間、生暖かくぬるりとしたものが、僕の狭間に触れた。

「やっ……あ……！」

窄《すぼ》まりを、彼の舌が。

恥ずかしい。汚い。申し訳ない。支離滅裂な言葉が頭の中を駆け巡るのに……

舌先でちょんと突かれたり、ねっとりと舐められたりしているうちに、紛れもない快感が脊髄《せきずい》をじわじわと這《は》い上ってくる。

くっと、舌先が中に沈んだのがわかった。

まるで僕の内側を舐めるみたいに行き来し、そして……硬いものが押し当てられ、ぐっと中に入ってくるのがわかる。

彼の……指。

内壁を撫で回し、広げるようにぐるりと回り、奥へ奥へと入ってくる。

「あ——！」

　ごりっという感触とともに一点を強く押され、目の前に火花が散るような快感に、膝が崩れそうになる。

　変……だ。

　そこを撫でられたり押されたりすると……もう、彼の指の感触を追いかけることしかできなくなる。

　ぐちゅぐちゅと音を立てて抜き差しされ、やがて指が二本、三本と増えていき……

「……あ！」

　ふいに指が引き抜かれ、思わずその指を追いかけるように腰が動いてしまう。

「待たせたな」

　彼が低く甘い声で言って、僕の背中に何度かキスを落とすと……

　ぐっと、そこが彼の手で両側に押し広げられて。

　熱いものが押しつけられ、そして……入って、きた……！

　彼のあの、逞しいものが、僕の中に。

　きつい……！

　限界までいっぱいに押し広げられ、自分の身体がそこから二つに裂けていきそうな恐怖に襲われる。

「力を抜け、大丈夫だ」

　あやすように彼が言って、片手が僕の前に回り……萎《な》えていたものを握った。

　優しく扱きながら、その動きに合わせるようにさらに僕の中に押し入ってくる。

「あ……あ……」

　前を扱かれる快感に、全身に入っていた力がふっと抜けたとき。

　ぐぐっと、彼が奥まで入ってきた。

「っは……あっ……っ」

「ユーキ、わかるか……？」

　彼の声がわずかに掠《かす》れ、そして甘い。

　あの、逞しい灼熱《しゃくねつ》の塊が……僕の中に……！

　けれど彼がちょっと身じろぎすると、やっぱりきつくて。

「待って……あ……っ」

浅くなる息が自分の耳にぜいぜいと響く。

するとアグワンは、僕の背中にゆっくりと身体を倒してきた。

背中に重なる彼の逞しい胸の感触。

そして彼の手が、敷物を握り締めた僕の手の甲に重なり、指を絡めてくる。

「怖がるな。私を……感じろ」

背中全体で感じる、彼の逞しい胸。

この体勢は……ほころびを閉じようと、二人の心を重ね合わせたときと同じだ。

そう気付いた瞬間、僕の胸の中に何かが流れ込んできた。

いとおしく、切ない気持ち。

そして、熱く、焦れるような。

これは、アグワンの心だ。

僕の中に入り、そしてもっと深く繋がって、僕を蕩《とろ》かして、僕の中に自分を解放したいと望んでいる、アグワンの心だ……！

触れ合った身体の、すべての細胞と細胞から、彼の心が僕の中に入ってくる。

愛している。

私のものだ……！

「ああ、アグワン……僕、も……！」

泣きたくなるような幸福感に思わず口走ると。

彼がぐいと腰を引き、次の瞬間、深く突き入れてきた。

けれど、痛くない。

痛みや恐怖は嘘のように消え去って、僕の中にまた、ぞくぞくとした快感が生まれてくる。

こうして背後からすっぽりと彼に包まれると心と心が重なる安心感。

同時に、僕の身体を内側から彼が溶かし尽くして、そのままひとつになっていく快感。

火花のように背骨を快感が駆け上がっては、頭の中で真っ白に弾《はじ》ける。

けれど……けれど、ひとつだけ足りない。

彼を、抱きたい。僕も、この手で。

「……欲張りだな」

荒い息のもと、彼が苦笑するように言ったのがわかり、律動が止まる。

そして、僕の脚を片方折り曲げたかと思うと……繋がったまま、僕の身体をぐるりと返した。

「うあっ！」

彼のものが僕の中で回転する異様な感覚が、別な快感だと気付いたときには、僕は仰向《あおむ》けに転がされ、アグワンが真上から僕を見下ろしていた。

「あ……」

アグワンの、いつも冷静で余裕のある顔が。

目の縁を紅潮させ、瞳には切羽詰まった熱が宿り、口元は何かを堪えるようにぎゅっと結んでいる。

額にはめた銀の輪はそのままだけれど、長い髪は乱れて肩にかかり、汗で張り付いている。

おそろしく……艶っぽく、色っぽい彼の姿に胸がきゅんとなる。

「アグワ……」

僕はいとおしさでいっぱいになり、両手を広げて彼の肩を抱き寄せた。

「可愛いことをする」

アグワンがふっと笑い、僕に口付ける。

ねっとりと舌を絡め、唇がゆっくりと離れてはまた重なり、吐息が重なる。

僕の中のアグワンが、鼓動のリズムで熱く脈打っているのがはっきりとわかる。

こんなふうに、自分以外の誰かと、心も身体も深く深く重なり合うことができるなんて。

アグワンがゆっくりと腰を揺すった。

「んっ……」

ずくんと腰の奥が甘痛く疼き、僕の中に、溶岩のような塊が生まれ、渦を巻き、出口を求めているのがわかる。

この、泣きたいような、喉の奥に塊がつかえたような焦れったさ。

もっと……深く、して。

僕は彼の腰に脚を絡めて、ほとんど無意識に彼の腰を引き寄せた。

ずくりと、僕の中の彼が体積を増して。

腰が引いていき……そして強く突き入れられる。

「んっ……っ」

抽挿《ちゅうそう》ごとに、ぐんと快感が大きさを増し、もうどうしていいかわからない。

「ふ……んっ……あ、あああっ」

唇が解放されるのと同時に大きく身体を揺すられて、僕は叫んだ。

たまらない。

小刻みに出し入れし、次の瞬間ほとんど抜けそうなところまで引いたかと思うと、一気に奥まで突き入れられ。

僕の中で彼が回転するように腰を回したかと思うと、今度はゆっくり味わうように出し入れする。

「ふぁ、あ、やっ……あ、そ、れ……い、気持ちい、も、っと……あ、ああっ」

目の前が快感で霞《かす》み、僕は必死に汗で辷る彼の肩にしがみついた。

「ユーキ……ユーキ、愛している」

彼の上擦《うわず》った声に紛れもない快感があるのを感じる。

「あ、あ……僕、も……アグワ……アグワン……っ」

「いく、ぞ」

彼の片腕が僕の腰を強く抱え直し、そして片手が、腹の間で擦られていつの間にか張り詰めていた僕のものを握る。

「ひぁ……あ、あああ、も……っ、あ――」

「ユーキ……っ」

い、く……と声にならない声で叫んだ気がした瞬間。

僕の中で彼が大きく痙攣《けいれん》し、熱いものが僕の中に迸ったのがはっきりとわかった。

「完全に安定しておりますな」

老師がアグワンの部屋の鏡をつくづくと眺めて言った。

神官が二人、鏡の回りにレトロな雰囲気の機械を並べて、何か測定している。

僕は、アグワンの薄ものを借りて羽織った姿で、その僕にアグワンがぴたりと寄り添い、片手を繋いだ状態。

恥ずかしいけれど、誰も気にする様子はないのが救いというか、余計に落ち着かないというか。

「どれ」

老師はひょいと、縁を跨ぐようにして鏡の向こうに消えた。

「え?」

大丈夫だろうか、と思う間もなく、すぐに戻ってくる。

「なるほど、やはりあちらに行くと鳥になってしまうのは同じ、と」

確かに、アグワンはセキセイの姿でまた現れた。

老師はやっぱりふくろうになってしまうんだろう。

「摂政王子」

老師がアグワンに向き直る。

「おめでとうございます、これは安定したゲートと言えると思います」

「そうか」

アグワンは頷き、僕の手をぎゅっと握る。

「これが私の私室にできたことにも意味があるはずだ。ゲートについてもっと研究が進むまで、当面はこれは、私が個人的にユーキと交流するために使うことにする」

「それがよろしいでしょう」

老師が頷く。

そこへ、開け放ったままだった部屋の扉から、アルカが入ってきた。

「兄上……父上が、兄上をお呼びです」

「なんだと？　二年ぶりに目を覚まされたのか？」

アグワンが驚いて尋ねると、アルカは頷いて僕を見る。

「異世界からの客人もご一緒に、と」

「……すべてを感じ取っておられたのだな」

アグワンは頷いた。

薄ものの上に、白い長衣を着せてもらい、僕はアルカとアグワンに続いて、城の廊下を奥に進んだ。

なんとなく……腰の奥が重怠《おもだる》くて脚がもつれそうになるのを見て取り、アグワンが意味ありげに笑って僕の肘《ひじ》のあたりを支えてくれる。

恥ずかしいけれど、甘酸っぱい喜びが胸に溢れる。

なんだか、アグワンとの距離がものすごく近くなったような、不思議な感じ。

身体を重ねるって、こういうことなんだ。

そんなことを考えながら歩いて行くと、やがて廊下は行き止まった。

その突き当たりに開け放たれてあった豪華な扉をくぐる。

そこは一種の控えの間のようなものらしく、さらに奥に扉があって、その前に近衛隊長のエズルと、他に近衛兵が二人いる。

エズルと目が合って僕がぺこりと頭を下げると、エズルも親しげに口元に笑みを浮かべ、頭を下げる。

この人も、いかにも武人という雰囲気なのに、僕の世界ではピンクのインコになってしまうんだから面白い。

「呼ばれたのは、二人なのだな」

アグワンがアルカに確かめ、アルカが頷いた。

「では、ユーキ」

アグワンが改めて僕の手を取り、アルカをそこに残して、奥の部屋に入ると、背後で扉が閉ざされる。

中は、いかにもこの世界らしい、刺繍の施された布が床に敷かれ、壁にも垂れている、重々しく豪華な部屋だった。

真ん中に、天蓋から薄布の垂れた寝台があった。

ゆっくりと近付く。

「父上」

アグワンが言って薄布を捲《めく》ると……

そこには、見事な純白のあごひげを生やした老人が、仰向けに横たわっていた。

この人が、ｔｒｉ世界の聖王、そしてアグワンとアルカのお父さん。

百歳は超えているかのような老人に見える。
一、二度瞬きをしてこちらを見る視線の中に、威厳と優しさが同居した、不思議な雰囲気がある。
さっきのアグワンの言葉だと、二年間眠っていたらしいけれど……。

「アグワンか」

低く穏やかな声で聖王は言った。

「気の乱れは収まったようだな。お前が危機を乗り越えられるであろうことは、眠りながらも感じていた」

「私一人の力ではありません。この、ユーキがいなければできないことでした」

アグワンの言葉に、聖王が微笑んで僕を見つめる。

「客人のおかげだな。客人、ユーキどの、この世界の命あるものすべてを代表して、礼を言う」

「いいえ、そんな……お役に立ててよかったです」

王さまなんて身分の人にどういう言葉遣いをしたらいいのかわからないままに、僕はなんとかそう言った。

聖王は笑みを深くしてアグワンを見る。

「それで、ユーキどのはお前の伴侶ともなったのだな。お前にそのような相手は永久にできないのではと案じていたのだが」

「この世界にはいなかった、というだけのこと」

アグワンがそっけなく答える。

ええと……僕がその、アグワンと「結ばれた」ことも、筒抜けってこと？

どんな顔をしていいのかわからないけれど、アグワンが言ったように「性別は問題にならず、相手は自分で選ぶ」のがこの世界の常識なら、聖王も認めてくれたということになるんだろうか。

聖王はアグワンの答えを聞いて低い声で笑った。

「いかにもお前らしいな。だがこれで、私もそろそろこの世から去り、お前にこの国を任せてもいい時期がきたのかもしれないな」

「もう少しいてもらわねば、困ります」

アグワンの言葉はぶっきらぼうだ。

「たとえほとんど眠ったきりでも、聖王がいらっしゃるから私は摂政王子でいられる。自分が聖王になってしまったら、今ほど自由に動き回れなくなる」

「ははは」

聖王は声を上げて笑い出した。

「それが本音か。お前なら、聖王に即位しても、しきたりに縛られるようなことはあるまいよ」

僕は思わず、聖王とアグワンを見比べた。

これは、実はとても親しい、親子の会話なんだ。

アグワンが聖王にいてほしいと思うのは、もちろん親子の情愛からで……ただそれを素直には表せないだけ、という気がする。

「まあ、お前が選んだ伴侶がこの、異世界の男子であるのなら……世継ぎはそろそろ決めておけ。年齢で言えばアタだったが、不始末があったのなら仕方ない」

聖王の言葉に、アグワンが頷く。

「アルカを、あと二年ほど見守りたいと思っています。神殿を任せた方が向いているようなら神官のままで、別な候補を考えます」

「そうか、ではその間はまた、眠りながら待とう」

聖王は目を閉じかけ……それからふと、また目を開けて僕を見た。

「ユーキどのには、アグワンの伴侶としてだけでなく、この世界を救った特別な存在としての身分と地位を、相応の儀式とともに」

「承知しております」

二人の言葉に僕は慌てた。

「いえあの、僕はそんな、何も」

「黙って受け取れ、その方がいろいろと便利なのだ」

アグワンの有無を言わさない口調。

ええとまあ……僕にはこの世界の文化、身分や地位のこととか、まだわからないことだらけでこれからじっくり知りたいと思っているけれど……

アグワンの「伴侶」というのがもしかして公式な地位で、そういう存在であるためには「便利」とか「必要」なこと、なのかもしれなくて。

「ユーキどの、この強情なひねくれ者を頼む、これでも心根は真っ直ぐで、優しいところもあるのだ」

聖王の言葉に、僕は頷いた。

「はい、わかっています」

「では……休む」

聖王は目を閉じる。


アグワンに視線で促され、僕はそっと寝台を離れ、アグワンとともに控えの間に戻った。

「兄上、ユーキどの」

控えの間で待っていたアルカが駆け寄ってくる。

「父上のお話は？」

「現状の確認だ。ユーキの顔を見てみたかったのだろう」

さらりとアグワンは言ったけれど、アルカはその言葉を聞いて顔を輝かせた。

「ユーキどの、おめでとうございます」

「え、えと……？」

聖王と面会するというのは、こういう言葉をかけられるようなことなのか、と思ったら。

アルカは僕に向かって深々と腰を折る。

「兄上の正式な伴侶として、私の新しい家族として、どうぞこれからよろしくお願いいたします」

「あ」

僕はかあっと赤くなった。

どうもそんな気はしていたけれど、要するにみんな知っているんだ。

僕とアグワンが「結ばれた」ことを。

そして今、聖王と会ったことで、僕は「正式な伴侶」として認められたことになるらしい。

それが僕の世界の「結婚」と、どう違うのか同じなのか、知りたいような、もう細かいことはどうでもいいような。

「アルカさま」

傍らにいたエズルが苦笑した。

「ユーキどのが戸惑っておいでです。初夜の直後というものは、気恥ずかしいものなのですよ」

いやいやいや、エズルの「初夜」なんて言葉の方がずっと恥ずかしいのに。

「あ、ごめんなさい、僕はそういうことに気が回らなくて」

アルカははっとして、はにかみながら謝る。

「ユーキ」

会話の成り行きを見ていたらしいアグワンが、いきなり僕の肩を抱き寄せた。

「お前が私のものであることは、周知のことなのだ。今さら、やはりやめるなどと言っても通用しないからな」

どことなく険悪な声。

僕は驚いてアグワンを見上げた。

「やめるなんて、言うわけがないです。ただ」

エズルやアルカ、そして二人の近衛兵までがなんとなく頬を緩めて僕を見ているのが……

「ただ、恥ずかしいだけです」

なんとかそう言うと、アグワンがにっと意味ありげに笑って。

「他の者に見られるのが恥ずかしいのならば、二人きりになればよい」

そんなことを言うと、また僕の手をぎゅっと握って、真っ直ぐに廊下に向かって歩き出した。

「じゃあ……ひとまず、戻ります」

アグワンの部屋の、ゲートである鏡の前に立って、僕は言った。

窓からは「気」が戻って美しさを取り戻したｔｒｉ世界の朝日が差し込んでいる。

昨夜は結局、アグワンの部屋に泊まった。

泊まっただけじゃなくて……その、二回目と三回目を求められて、三回目はさすがにもう「入れるのは無理」になってしまったけれど、それなりに方法はあって、それはそれで僕も満足で……いや、ええと。

とにかく、ゲートが安定して、僕とアグワンが「私的に」使うことになったので、いつでも自由に行き来できる。

それを確認した上で、僕のこれからの方針も定まった。

僕は自分の世界で、塾の仕事も続けるし、大学に戻る準備もする。

家に帰ったら……そのまま「ただいま」とゲートをくぐって、食事とか入浴とか……寝るのとかは、ｔｒｉ世界。

言ってみれば、狭いアパートの中に特別なドアがあって、その向こうにとてつもなく広い「別室」があるみたいな感じだ。

そのうち、ｔｒｉ世界の神官たちが興味を示している僕の部屋の三角のオブジェとか、僕の本とか衣類とか、必要なものは全部こっちに運び込んで、あっちはただの「ゲート部屋」にすればいいとアグワンは言っている。

ゲートについては、たとえば「鳥とｔｒｉの誤変換」なども含めてまだまだわからないことがたくさんある。

アグワンはこれからも政務の傍ら研究を続けるだろうし、僕は大学に戻ることで、何かゲート学の参考になりそうなことを、ギリシャの歴史あたりから探してみることもできるだろう。

　そういうことで話は決まったのに……

「夕方には戻るのだな」

　アグワンはどこか不満そうに僕の両手を握ったままだ。

「ええ、夏休みの間は昼間の講習ばかりなので」

「くそ、私がそちらについていければいいのだが」

「セキセイ姿で？　僕は構いませんけど」

　冗談めかして言ったら、アグワンはぎゅっと眉を寄せた。

「あの姿でお前にいくら愛を囁いても、どうも間が抜けたことになるだけだな」

　まあ……ええと、僕は目の前の美丈夫とひょっとしたら同じくらい、あの姿でふんぞり返っているアグワンも好きなんだけど。

　アグワンにとってはプライドの問題もあるのかも。

「では、行ってくるがいい」

　ようやくアグワンは僕の手をそっと離し、額にキスをくれる。

「行ってきます」

　まだ、なんだか照れくさい気持ちで僕はそう言って……

　ふと衝動にかられて、つま先立ちになってアグワンの唇にそっと自分の唇をつけた。

　僕たちが結ばれてからははじめての、僕からのキス。

　驚いた顔のアグワンを残し、幸せな気持ちを胸一杯に抱えて、僕はゲートをくぐった。

終わり

「異世界から来た王子様がインコになって僕に求愛しています。」（書き下ろし）

言《こと》祝《ほ》ぎの日

「はい、じゃあ今日はこれでおしまい」

チャイムから二十秒くらいはみ出して僕がそう言うと、生徒たちはぱたぱたと教科書やノートを閉じはじめた。

学期のはじめに新しいクラスを受け持ったときにはやっぱり、チャイムと同時にこれ見よがしに帰り支度《じたく》を始める生徒もいたけれど、二ヶ月経つとそれもなくなってきたのが嬉《うれ》しい。

もちろん僕も、なるべく定時からはみ出さないように気をつけているけれど。

「あと十五分、教室使えるからね。学校の宿題とかで聞きたいことがあったら順番にどうぞ」

塾側と話し合って僕が獲得した、貴重な十五分だ。塾の生徒はそれぞれ学校が違うから、出されている宿題も違う。躓《つまず》いている部分への個別のアドバイスの時間を、どうしても取りたかった。

今も、早速教卓の前に、三人ほどが列を作る。

「あくつん、さよならー」

「ばいばい、あくつん」

並ばずに教室を出て行く生徒たちに僕は手を振る。

「はい、気をつけてね」

あくつんという僕の呼び方は、去年の五年生クラスから始まって、気がついたら高学年のクラス全部に波及してしまった、という感じだ。

この春から大学院に復帰した僕は、アルバイトの立場で、週に三クラスを受け持っている。

「算数が楽しくなる、苦手克服クラス」と塾側が名付けた僕のクラスは、嬉しいことに生徒からも保護者からも好評だ。

「あ、あくつん、いた！」

廊下から声がして、一人の男子生徒が教室を覗《のぞ》き込んだ。

幹本《みきもと》……僕を最初にあくつんと呼びはじめた生徒。

今年は六年生になって、引き続き僕の授業を取っているのと別に、他の教科で週三回ほど通ってきている。

「みっきーだ」

最後尾に並んでいた男子生徒が手を振った。同じ学校の後輩か何かなんだろうか。

「おう、ちゃんとあくつんの授業、真面目《まじめ》に聞いてるか？」

幹本の先輩ぶった口調が微笑《ほほえ》ましい。

「あくつんの言うこと聞いてれば間違いないいんだからな。俺ほんとに、算数得意になったんだから」

得意教科というにはまだ足りないけれど、確かに彼の算数の成績は、平均を上回るようになった。

全部が僕の手柄とは言わないけれど、そう言ってもらえるのは本当に嬉しい。

「わかってるよ」

言われた生徒も真面目な顔で頷《うなず》いている。

「あくつん、こいつのことよろしくね」

「はい、幹本くんも、また来週ね」

「おう！」

ひらひら手を振って去っていく幹本の後ろ姿に口元が綻《ほころ》ぶのを感じながら、僕は目の前の生徒が差し出しているノートに意識を戻す。

これが終われば、僕は三日間の連休。

そして今日はこれからが、特別な日になる。

大学院でも教授と実りのあるディスカッションができたし、塾の授業もいい感じで、今日はここまで、とてもいい一日だ。

そして今日が終われば、きっと忘れられない日になるだろう、と僕は思った。


「阿久津《あくつ》！」

駅前の待ち合わせ場所に来ていた是永《これなが》が、軽く片手を挙げた。

「ごめん、待たせた」

「いや、時間通りだよ。で、俺こんなかっこで来たけど、いい？」

是永は、黒の礼服姿だ。

白ネクタイを締めて、パールのついた銀色のネクタイピンまでつけている。

会社をわざわざ早退して、一度家で着替えてから来てくれたんだ。

「うん、わざわざありがとう」

「阿久津はそのままでいいわけ？」

僕の方は、大学からそのまま塾に行ったから、カジュアルなパンツにこれもカジュアルなジャケット姿だ。

「僕は向こうで着替えるから」

話しながら、並んで僕のアパートに向かって歩き出す。

「あと、こんな手土産《てみやげ》用意してみたんだけど」

是永は手にした紙袋の口を開いて見せた。

有名な紅茶ブランドのロゴがついたギフト用の箱が見える。

「紅茶？　ありがとう、こっちの紅茶はきっと喜ばれると思う」

アパートに着くと、靴を脱ごうとした是永を僕は止めた。

「あ、靴のままで」

「そっか、玄関に靴を忘れていくとあっちで間抜けなことになるもんな」

部屋に入り、是永は呆《あき》れたように部屋を見渡した。

「ほんとにすっきりしちゃったな」

そう言われるのも仕方のないことで、僕のアパートはほぼからっぽだ。私物はほとんど、向こうにある僕の部屋に運んでしまった。

土足で上がれるように、玄関からキッチンスペースを通って畳の部屋の真ん中までカーペットで通路を作って。

その、部屋の真ん中には、黄色い二等辺三角形の座卓だけが置かれている。

「これがなあ……異世界に通じるゲートなのかあ」

改めて是永は、座卓を見つめた。

「もう阿久津の話は完全に信じたつもりなんだけど、やっぱりまだ信じ切れてないんだな、俺」

「一分後には完全に信じてもらえてると思うよ」

僕はそう言って、是永を座卓の前に立たせる。

時計を見ると、ちょうどアグワンとの約束の時間だ。

「じゃあ……足から、わりと勢いよく行っちゃって」

僕があえて軽い口調で促すと、

「うん。よし、行くぞ」

是永はごくりと唾を飲み……

覚悟を決めたように、両脚を揃《そろ》えてぴょんと座卓の上に飛び乗った。

その瞬間、座卓からまばゆい光が迸《ほとばし》って、そのまま是永の姿が消える。

一拍おいて、僕も両脚から光の中に飛び込んだ。

「ユーキ」

僕を呼ぶ声の主が、僕の身体をしっかりと抱き留めた。

頭からゲートに飛び込むよりこの方が着地が安全だと、わりと最近になって気付いたところだ。

それでも決まった時間に、ちゃんとこうして迎えてくれる人がいる。

「ただいま」

すっかり習慣になった第一声に、アグワンが微笑んで頷く。

「うむ」

はじめて出会ってから僕にとっての時間では、十ヶ月くらいになるだろうか。

アグワンの男らしく整った顔は変わらないけれど、僕を見つめる瞳の優しさは、未《いま》だに毎日深まっていくように感じている。

「是永は？」

「無事到着したが……お前が先に出てくると思って、うっかり抱き留めそうになってしまったではないか」

アグワンがちょっぴり不満そうに言ったので、僕は思わず吹き出してから、はっとした。

まさか是永だと気付いて、慌てて手を引っ込めたりしたんじゃ!?

　アグワンの肩越しに見える是永は、ちゃんと無事に近衛兵に受け止められたらしくて、左右から支えられたままきょろきょろと部屋を見回している。

「どう？　是永」

　僕が声をかけると、是永は半ば呆然《ぼうぜん》と僕を見た。

「いやあ……ほんと、だった」

　彼が自分の足でちゃんと立っているのを確認して、近衛兵たちが腕を離し、一歩下がる。

「ええとじゃあ……改めて紹介させてもらいます」

　たった今僕たちが出てきたゲートの鏡の前で、僕はアグワンと是永の間に立った。

「僕の親友の、是永です。是永、この人が、アグワン」

「はじめまして……」

「では、ないな」

　是永の言葉を、アグワンは軽く遮った。

「私はコレナガと会っている」

「え？　あ！」

　是永ははっと思い出したようだ。

「そうだ、インコ！　凶暴なセキセイ！」

　餌《えさ》を持ってきてくれた是永に、「けけけけけ」と嚙《か》みつこうとしたアグワンを思い出し、僕は思わず笑いそうになる。

　まさかあのセキセイがここにいるこの、黒髪の、長身の、威厳ある偉丈夫だとは、なかなか実感できないだろう。

「その節は失礼した」

　アグワンはにやっと笑いながら、胸の前で両手を合わせて三角を作り片足を後方に引いて優雅に礼をする。

「そして、ほころびを塞《ふさ》ぎこの世界を救うために力を貸してくれたこと、改めて感謝する」

　摂政《せっしょう》王子たるアグワンがこんなふうに頭を下げるのは、是永を重要な客人として認めてくれているからだ。

「いや、こちらこそあの……ご丁寧に、恐れ入ります」

是永もきちんと腰を折って頭を下げ、紙袋から紅茶の箱を取り出して差し出した。

「今日はお招きにあずかりまして……これ、つまらないものですが」

アグワンが怪訝《けげん》そうに僕を見る。

「……お前の世界では、つまらないものを相手に贈るものなのか」

「いいえ、それは謙遜の言葉です、相手に対して敬意を表すからこその、礼儀なんです！」

僕が慌てて言うと、アグワンはわかったようなわからないような顔で頷いた。

「それならよかった。こちらも、後ほど渡す土産に、つまらぬものを用意しなおさねばならないのかと思った」

是永に改めて向き直る。

「ありがたく頂戴《ちょうだい》する」

軽く指先で合図をすると、小姓《こしょう》の一人が進み出て紅茶の箱を受け取った。

是永は最初の挨拶《あいさつ》がすんでほっとしたという顔で、改めて部屋を見回す。

「すごい……確かに別世界だな、そして豪華だ」

壁に垂れた、凝《こ》った刺繍《ししゅう》の布類や厚い絨毯《じゅうたん》、天井の木枠に施された彫刻など、毎日見ている僕にとっても確かに素晴らしいものばかりだ。

「ここは私の寝室に過ぎぬ。たいした装飾ではない」

アグワンは軽く首を振った。

「コレナガに城の中を案内しよう」

控えていた近衛兵たちが、廊下に通じる扉を開ける。

するとそこには、近衛隊長のエズルや、アグワンの弟アルカをはじめとする、数人の姿があった。

「お前たち、こんなところで待ち構えていたのか」

アグワンの言葉に、

「お客人に一刻も早くご挨拶いたしたく」

エズルが重々しく答える。

僕ははたと思いついた。

「是永、あの、この中に是永が会ったことのある人がいるんだ。わかるかな」

「あ、もしかして……モモイロインコのエズルくん!? こっちで会いたいと思ってたんだ!」

是永もすぐ思い当たったようで、居並ぶ人々を見渡し……その視線はエズルを素通りして、アルカの顔で留まった。

「きみでしょう? きみがエズルくんだ!」

確信を持ってアルカの前に立つ。

「その節はどうも!」

アルカは戸惑って是永と僕を見比べ、エズルはその隣で無表情のまま。

「ええと……あれ? 違う?」

是永も、アルカの反応を見て間違ったと気付いたのか、おそるおそる僕を見る。

「エズル」

僕が笑いを堪《こら》えながら呼ぶと、エズルが一歩進み出た。

「コレナガどの、その節は大変お世話になりました」

胸の前で三角を作り、重々しく言って、深く頭を下げる。

「え? え……あなたがエズルく……?」

目を白黒させる是永の脇に、僕は進み出た。

「そう、すごく頼りになる近衛隊長のエズルだよ」

「そ、そうなんだ!?」

ひげ面《づら》の逞《たくま》しい近衛隊長の姿を、是永は改めてまじまじと見つめる。

「でも、そうか、アグワンさんがセキセイになっちゃうんだし、あなたがあのモモイロインコ……うーん、法則がわからない」

それは僕たちも同じことで、アグワンなど、せめて鷲《わし》や鷹《たか》の姿になれるのならもっと僕の世界にも来たいのにと文句を言っているけれどどうしようもない。

「そうそう、エズルには、是永のところと同い年の娘さんがいるんだよ」

僕が言い足すと、是永の顔がぱっと輝いた。

「本当に？　いやあ、娘さん、可愛《かわい》いでしょ！」

「それはもう」

エズルの目が優しく細められる。

「写真見せて……あ、そうか、こっちにはないのか、これ、うちの娘」

スマホを取り出して是永がエズルに見せると、

「これは素晴らしく緻密《ちみつ》な似姿ですな。確かにお可愛らしい。コレナガどのにはぜひ、私の家族を、娘を、紹介させていただきたい」

「ぜひぜひ！　娘同士、友達なれたりするといいなあ」

なんだかすっかり親しげに会話が弾んでいく是永とエズルを見てアグワンはちょっと驚いたように眉《まゆ》を上げたが、

「両世界の人間同士にああした友情が芽生えるのは喜ばしいことだ」

そう言って、僕を見て微笑んだ。

「摂政殿下《でんか》、並びにアクツユーキさまのおなりでございます」

三角広間と僕が心の中で名付けた大広間の扉から、五人の近衛兵に先導されて、アグワンに手を取られた僕はゆっくりと前に進んだ。

広間には、主立った神官や大臣、貴族など、僕が顔も名前も覚えた人々が居並んでいる。

アグワンは漆黒の布地に光沢のある黒の糸でびっしりと刺繍が施された前合わせの長い上衣を着て、同じく黒い帯を締め、胸から幾重もの銀の飾りを下げている。

王族としての、最も格式の高い礼装だ。

そうでなくても黒と銀というのは彼に一番似合う色で、そこに荘重さが加わると、アグワンの男らしさと美しさがさらに際立つように思う。

僕は、光沢のある白に細やかな銀色の刺繍を施した長上衣、銀の帯、そして額には細い銀の輪という服装だ。

玉座が据えられた段上に向かって進み、僕を一段下に残して、アグワンが最上段に上がる。

僕と同じ段の端には、是永が立っている。

ただ一人この世界のものとは違う、黒のフォーマルスーツを着て、緊張した面持《おもも》ちだ。

儀式があるので、ぜひ正装で来て立ち会ってほしいというｔｒｉ世界からの要望に応《こた》えてくれての、この服装なんだ。

アグワンは玉座の前で人々の方に向き直った。

僕も同じように向きを変えると、居並ぶ人々の視線が僕に集まっていて……なんだかすごく、緊張してくる。

神官の一人が進み出た。

「ここにおいでになりますのは、我々がすでによく存じ上げておりますこの世界の救い主、異世界よりの神々に招かれし貴人たるアクツユーキさま」

人々に向かってそう言ってから、僕に頭を下げる。

「聖なる数字のお告げ、聖王陛下《せいおうへいか》のご意志により、アクツユーキさまに、聖なる神殿の守護者たる神聖《しんせい》公爵《こうしゃく》のしるしをお受けいただきたく、お願い申し上げます」

神官がそう言って跪《ひざまず》いた。

聖なる神殿の守護者たる神聖公爵。

それが、聖王の意志として僕が今回受けることになったこの世界での「地位と身分」であり、それに伴う「相応の儀式」というものだ。

本来城の奥とか神殿とかに立ち入るにはちゃんとした身分や地位が必要で、僕はなんの身分もないのに「特例で」出入りしていることになっている。

何か儀式があったときの席次を決めたりするのにもいちいち特例にするので大変、ということだ。

もう少し偉そうじゃない名前の位はなかったかと思うんだけど、これは「神殿で決めたこと」でどうしようもないらしい。

大学院生、塾のアルバイト講師、そして神聖公爵……並べて履歴書に書いてみたらどうなるんだろう、とめまいがしそう。

それでも僕は、この先ずっとこのｔｒｉ世界と、そしてアグワンと関わり続けるために必要なことと
して、この位を受けることにした。

僕がアグワンの方に再び向き直って膝《ひざ》を突くと、白い無地の、神官の衣裳《いしょう》をつけたアルカが進み出て、円錐形《えんすいけい》の杯《さかずき》をアグワンに渡す。

「聖なるかたちと聖王の名において」

杯に入った、花の香りのする水を、アグワンが指先に取って僕の頭に振りかけた。

続いてアルカが恭《うやうや》しく捧げた、三角錐の飾りがついた象牙《ぞうげ》の柄の鈴《すず》を手に取り、僕に差し出す。

「ほころびより世界を守りし異世界からの使者、アクツユーキに、摂政として、神殿の守護者たる神聖公爵のしるしを贈る」

僕は両手でその鈴を受け取った。

「神聖公爵が両世界の架け橋として我が世界に力を添えてくれることを願う」

重々しいアグワンの言葉に、僕は深く一礼した。

両世界の架け橋。

本当にそうなれたらいい。

いつか両世界の人々が互いに行き来し、知識を交換したり、助け合ったりできるようになれば。

それが僕とアグワンの役割なのだと信じている。

「立ってください」

アルカが囁《ささや》いてくれたので次の段取りを思い出す。

立ち上がった僕と同じ段に、アグワンが降りてきた。

「これなるアクツユーキは、我が世界の神聖公爵となった」

アグワンが人々に向けて語りはじめた。

「同時にアクツユーキは、もう一つの重要な役割を担う。それは、摂政王子たる私の傍《かたわ》らにあり、私を

支え、私的な絆《きずな》を結ぶ相手としての役割である」

いよいよだ。

僕は頬《ほお》が紅潮するのを感じた。

神聖公爵の授与はあくまでも前振りで……ここからが、アグワンが望むこの儀式の「本番」なんだ。

「摂政王子アグワン＝ワジは、この先聖王に即位したとしても、女の妃《きさき》は持たぬ」

ゆっくりとアグワンが言葉を続ける。

「これなるアクツユーキは王配として、夫婦に等しい絆を私と結ぶものである」

王配。王族の配偶者……僕の立場を表すものとして、アグワンと神官たちが選び出した言葉。

「この先神聖公爵にして王配ユーキは、正式の妃に等しき礼遇を受ける」

「異議ある者は申し出よ」

神官の一人がアグワンの言葉を引き取って人々に尋ね……広間はただしんと静まり返っている。

もちろん、居並ぶ人々はすでに承知のことで、これはあくまでも「儀式」なんだけれど。

それでも僕は「摂政王子は正式な妃を娶《めと》るべき」と言い出す人がいるんじゃないかと、やっぱりどきどきしてしまう。

「異議のありやなしや、最後に聖なるかたちに問う」

アルカが清らかな声でそう言って、白い布を持った三人の神官が進み出た。

アグワンと僕は向かい合って両手を握り合い、その場に跪く。

三人の神官が、正三角形の白い布を広げ、僕たちの頭の上にふわりとかけた。

完全に布の中に隠れ、アグワンが僕の目を見つめると……

「恐れるな。これで決まるのだ」

小声で言って……顔を近寄せると、そっと唇を僕の唇につけた。

僕は目を伏せて、その神聖なキスを受ける。

罰当たりなことをして、天井から三角のオブジェあらかじめ是永にはアグワンとのことをすべて打ち明け、今日も「位を貰《もら》うのと……あと、なんだか結婚式みたいなことになるらしい」と言ってはあった。

是永がどう反応するか不安はあったけれど、是永にしてみたら三角のゲートだの異世界との行き来だのと比べれば「友人が同性婚する」なんていうのはむしろたいしたことじゃない、と言われてしまった。

それで、まさに結婚式に出るような服装で来てくれたんだ。

僕は本当に、いい友人を持ったと思う。

そしてアルカをはじめこの世界の人たちも、心から喜んでくれているのがわかる。

嬉しい。

アグワンと愛し合うことを、こうして、この世界で完全なかたちで認めてもらえたことが、本当に本当に嬉しい……！

「それでは、証人となる方々は、神殿に捧げる王配が落ちてきて突き刺さったりしないだろうかと一瞬心配になったけれど……

次の瞬間には白い布はまたふわりと取り除かれた。

「聖なるかたちは王配を認めました」

アルカが厳かに宣言する。

アグワンは僕の手を取って、改めて人々に向かい合った。

これで僕は、ｔｒ·ｉ世界において正式に、アグワンの「配偶者」、パートナーになったんだ。

これを決意するには時間が必要だった。

儀式などしなくても、愛し合っているという事実だけでじゅうぶんじゃないかとも思った。

でも最終的にアグワンが「私とお前は、新しい家族になるのだ」という言葉が僕の背中を押してくれたんだ。

少し離れたところで是永が身じろぎするのがわかって思わずそちらを見ると、照れくさそうな、でも嬉しそうな顔をして、僕を見ている。

の書へ、署名を」

数人の神官が玉座の下の段に白い布をかけた三角のテーブルを持ってきて、その上に三角形の大きな紙が広げられた。

「居並ぶ人々が進み出て、それぞれに自分の名前と、それぞれに異なる三角形のしるしをつけていく。僕にはまだ完全には読めないｔｒｉ世界の文字だ。

最後に「ユーキどのの世界よりの証人代表として」と是永に羽根ペンが差し出され……

是永は示された場所に漢字で「是永義明《よしあき》」と書き、それからちょっと考えて……その名前を、三角に見えなくもない大きなハートマークで囲んだ。

ペンを置き、悪戯《いたずら》っぽい笑みを浮かべた目で僕を見ると、「おめでとさん」と小声で言った。

「ありがとう」と答えた声が、感動で震えているのが自分でもわかった。

僕はなんて幸せなんだろう。

そしてこの幸せの源は、傍らに立って僕の手を握り締めている、アグワンだ。

あの、偶然できた三角形からセキセイインコが飛び出してきた日のことを、僕は決して忘れないだろう。

アルカを助け出した日のことも。

ほころびを閉じた日のことも。

閉じたゲートの向こうで、彼に会えなくて涙を流した日々のことも。

そして、とうとう彼と心が通じ合い、そして身体を重ねた日のことも。

僕は、今ももちろん、自分の世界の人間だ。

でも同時に僕は、ｔｒｉ世界の人間になったんだ。

僕の大好きな三角が溢《あふ》れた美しい世界。

もしこの先僕が、どちらか片方の世界を選ばなくてはいけないときが来たら……もちろんいくばくかの悲しみを感じながらも、それよりも大きな喜びを持って、アグワンのいる、この三角世界を選ぶだろうという確かな予感が、僕にはあった。

アルカが三角の書を人々の方に掲げているのを見ながら、アグワンが僕の手をぎゅっと握り、小声で言った。

「これでお前は完全に私のものだ」

「はい」

僕は頷き……

「そしてあなたも、僕のものなんですね」

思わずそう付け足すと、アグワンが一瞬息を呑《の》むのがわかり……

「宴が済むのが待ちきれない」

意味ありげにそう言ったのが、二人きりになる時間を待ちわびてのことだとわかって、僕は頬が赤くなるのを感じていた。

おしまい

「言祝ぎの日」（書き下ろし）

あとがき

このたびは「異世界から来た王子様がインコになって僕に求愛しています。」をお手に取っていただき、ありがとうございます。

二冊目の二段組ファンタジーは、まさかのロングタイトルです！

いやあ、まさか自分の本にこういうタイトルをつけるとは思ってもいなかったのですが、今回のこのお話、どう頑張っても短いタイトルでどういうお話なのか想像していただくことが不可能とわかり（笑）、担当さまと相談の上、チャレンジしてみることにしました。

そもそも、攻めがインコなのは私のせいではないのです……！

担当さまが変わることになり、新担当さまと最初の打ち合わせの際、「一作目は是非、セキセイインコ攻めで行きましょう！」とその新担当さまがおっしゃったのでした！

正直言って、最初は無理だと思いました（笑）。

ええ、私はセキセイインコ飼いです。でもだからこそ連中のことはよく知っています。奴らは、とてもとても素敵な攻めさまなんて器じゃないのです。

しかし。まさかずっとインコじゃないのですから、当然人間姿があるわけで、ならば人間姿だとすごくかっこよくなるギャップとか。インコ姿になるのならば、当然これはファンタジーになるのであろうとか。どうせなら他にいろいろ鳥が出てくるといいだろうなあ、とか。

考えているうちに、これは設定に凝ったら面白くなるのではと、がぜん乗り気になりました。

そしてふと「ｔｒｉ世界」というものを思いつき、「これだ！」と思ったのです。

あとはもう、ノリノリで書きました。

最初は完全にコメディになるかと思いましたが、意外にそんなこともなく、ちゃんとしたラブストーリーになったのではないかと思っております。

イラストのへらへら先生には、まず「インコを描いていただけますか」というお願いだったと伺っております。ＢＬ小説のイラストにあるまじきリクエストを快諾していただき、それはそれは可愛いセキセイや、むちゃくちゃかっこいい人間アグワンを描いていただいて、本当にありがとうございました！

発想をくださった担当さま、感謝感謝です。今後ともよろしくお願いいたします。

そしてインコアグワンの（外見の）モデルになった、我が家のセキセイ「鳥三郎」にもスペシャルサンクスです。発売日には赤粟穂をサービスするよ。

最後に、この本を手にとってくださったすべての方に心からの御礼を。

また次の本でお目にかかれますように。


昨年からのチャレンジイヤーが今年も続きそうな

夢乃咲実　拝

ビーボーイノベルズをお買い上げいただきありがとうございます。
この本を読んでのご意見・ご感想をお待ちしております。

〒162-0825 東京都新宿区神楽坂6-46
ローベル神楽坂ビル4F
株式会社リブレ内 編集部

アンケート受付中
リブレ公式サイト　http://libre-inc.co.jp
TOPページの「アンケート」からお入りください。

BBN
B●BOY NOVELS

異世界から来た王子様がインコになって僕に求愛しています。

2018年3月20日　第1刷発行

著　者——夢乃咲実
©Sakumi Yumeno 2018
発行者——太田歳子

発行所——株式会社リブレ

〒162-0825
東京都新宿区神楽坂6-46ローベル神楽坂ビル
営業　電話03(3235)7405　FAX 03(3235)0342
編集　電話03(3235)0317

印刷所——株式会社光邦

定価はカバーに明記してあります。
乱丁・落丁本はおとりかえいたします。
本書の一部、あるいは全部を無断で複製複写(コピー、スキャン、デジタル化等)、転載、上演、放送することは法律で特に規定されている場合を除き、著作権者・出版社の権利の侵害となるため、禁止します。
本書を代行業者等の第三者に依頼してスキャンやデジタル化することは、たとえ個人や家庭内で利用する場合であっても一切認められておりません。

この書籍の用紙は全て日本製紙株式会社の製品を使用しております。

Printed in Japan
ISBN 978-4-7997-3520-6